The
sunshine,
the happiness

长长的日子，暖暖地过

胡青禾／著

民主与建设出版社

图书在版编目（CIP）数据

长长的日子，暖暖地过 / 胡青禾著. -- 北京：

民主与建设出版社，2015.9

ISBN 978-7-5139-0783-5

Ⅰ.①长… Ⅱ.①胡… Ⅲ.①随笔 - 作品集 - 中国 -

当代 Ⅳ.①I267.1

中国版本图书馆CIP数据核字(2015)第226481号

出 版 人：许久文

责任编辑：李保华

策划编辑：熊盼盼

排版设计：黄 婷

出版发行：民主与建设出版社有限责任公司

电 话：(010)59419778 59417745

社 址：北京市朝阳区阜通东大街融科望京中心B座601室

邮 编：100102

印 刷：北京彩虹伟业印刷有限公司

版 次：2016年2月第1版 2016年2月第1次印刷

开 本：32

印 张：8.75

书 号：ISBN 978-7-5139-0783-5

定 价：36.80元

注：如有印、装质量问题，请与出版社联系。

去，过你喜欢的生活

我想要一个自己的世界 /
过独一无二的生活 /
和生命中所有的美好不期而遇 /
我只不过做了一点点 /
生活就变成了我理想中的样子 /

心平静，细嗅蔷薇

如果漫不经心，就会与美丽擦肩而过 /
路过一片花圃时驻足细听 /
风与叶还有花都在轻轻交谈且笑着 /

转过身就是碧海蓝天

停留在原地 /
就只能看到生活的背影 /
且吟且唱 /
走到哪里都不再惦记身后的曾经 /
才能慢慢走近我想要的世界 /

My city

"和众多的你一样，我植根于这个变化多端、空气糟糕，但又富有吸引力的城市"

　　阳光正好，洒在窗前的绿萝上，微风拂过白纱，匆匆赶着上班，不忘闻一闻花香，看一看鱼游，和它们打个招呼。

　　和众多的你一样，我植根于这个变化多端、空气糟糕但又富有吸引力的城市，上班、下班，偶尔和坐在旁边的同事八卦，加班从来没有加班费；唱歌走音，却总能在KTV找到自己能唱的；有时愣，有时傻，有时文艺，有时呆，有时忧伤，有时乐；但我和你可能不同的是你喝水都要长胖，我大口吃肉却瘦得肩胛骨可以把你戳死。

Myself

"我喜欢敢爱敢恨、内心真实的人"

我喜欢敢爱敢恨、内心真实的人，我可以在电脑前看《老男孩》看得热泪盈眶用完半抽卫生纸，可以在黑黢黢的影院里看《失恋33天》旁若无人地嚎啕大哭，可以花痴地看完《来自星星的你》然后每天念叨着都敏俊西。我也是渴望经历间隔年的热血青年，也会在深夜说走就走只为突然想吃的麻辣烫。

说走就走的旅行、奋不顾身的爱情也许是我们青春中最闪耀的一部分，你可能逐渐开始发现熬夜唱K是件辛苦的事，告别酒精，也开始关注健康，这不是老去，而是自然地跟随日子的节奏，不紧不慢，岁月静好。最好的时光不是无限感怀的曾经，不是满怀憧憬的未来，而是这一刻活得自在。

My home

"90平米，没有华丽装饰，只有用心的美丽"

　　一个90平米两居室的小窝是我现在的家，没有华丽的装饰，但有用心的美丽。我爱自然、爱所有美好的事物、爱四季里的小确幸，爱的很简单，我知道也是因为爱，这小生活才过得活色生香。

About
this book

"翻开书，只希望你收获美好"

这本书里记录了一些小故事和随笔，有我自己的生活，也有我经历和听到的一些朋友的故事，希望能和大家分享生活的美好。我自己的生活其实没有什么特别，有时候甚至觉得有些平庸，但反过来想想，世间有几个人的生活又是惊天动地的呢？日子如涓涓细水才能长流。

关于写作，也是缘于一场机缘巧合下的相遇。生活真的很神奇，常常会丢下意想不到的礼物，因此你可能选择了别样的人生和道路。没有什么收获是不费吹灰之力，没有什么道理是生来就明白，如果真的到了一眼看穿很多大道理的一天，说明你已经不再年轻。

翻开书，只希望你收获喜悦便好。

HOME
梦想中美妙的人生

006　　寻一个最理想的生活方式

013　　每一天都要有阳光和植物的芬芳

024　　给我一份情牵一世的感动

034　　瓶子里的童话

042　　请许我一场盛世恋

054　　做个像三毛一样七窍玲珑心的女子

062　　相框里的美好

071　　再不相聚就老了

078　　美味厨房

085　　可爱的邻居们

090　　我们的纪念日

ALONE

独享私密小时光

100   请让我浪漫独处

104   专属的味道

111   我是处女座

119   藏在日记本里的秘密

127   最重要的事是好好爱自己

134   一天中最爱的晨光

140   一个人的味蕾时光

147   和闺蜜的下午茶

153   融化在唇齿和指间的花香

163   来杯莫吉托

OFFICE

会呼吸的办公室

178 比身体醒得更早的是梦想

184 从优雅的办公桌开始

192 像便签一样贴上它

199 放慢的心

205 做最健康的杜拉拉

213 你是最棒的能量场

NATURE

风一样的女子

224 还等什么，一起逃离雾霾天

230 在旅行中记录下青春飞扬

239 一起来运动吧

246 我的农夫梦

253 生活不停，梦想不散

心有猛虎，细嗅蔷薇

梦想中美妙的人生

Chapter One

唯有用生活家的心灵，去救赎庸俗和琐碎，

才有美好的人、美好的事和美好的家。

寻一个最理想的生活方式

"当时的我，希望林立的高楼中有一处自己的家"

　　我是典型的 80 后，生于改革开放伊始，长于蓬勃发展期，大学毕业赶上改革开放三十周年，也赶上中国经济焕然一新、房价创开天辟地之高的新纪元。离开痛骂过、深爱过的校园，告别烦躁过、依赖过的爸妈，如初生雏鸟，对世界充满好奇，来到一个新的城市追求独立。

　　曾经的我站在人民北路问警察叔叔人民南路怎么走，也许很多人都经历过对自己所在城市一无所知的岁月。今天开车行驶在大雨瓢泼的人民南路，看见两个少年淋着雨，浑身湿透，骑着自行车，还特别大声地聊着天，时光仿佛瞬间转移，我又回到 2008 年的某一天，淋着雨在这条从陌生到熟悉的道路上骑着自行车飞驰，那时我真希望永远在这城市里欢畅地笑，希望林立的高楼中有一处自己的家。

"不是花园大 HOUSE，也没有屋顶花园，只有 2 居室的小天地"

　　我只是最普通不过的一个青年。2012 年我和老公的小家交房了，2 居室，二人世界刚刚好。我们的家在 33 楼，距离地面百米，即便对着中庭也从来不知道鸟瞰的效果如何，天气好时可以穿过云层眺望远处的山脉。现在的我们是正在奋斗的一代，我们的家既不是梦想中的大 HOUSE 大花园，也没有接地气的屋顶花园或者阳台，仅有南向的一个 1.5 平米的生活阳台，除去摆放洗衣机和拖布池的空间所剩无几。

月季　盆栽
蕨

冰棍 ｜ 桔梗
扇子 ｜ 桃子茶壶

　　我对花草的情感恐怕要追溯到小时候，看着家人在阳台上摆弄花草，花盆里常常会有小蜗牛，我最爱把小蜗牛放在植物上让它自由爬动，现在看来也许这么做对植物本身并不好，但对于小孩来说这无疑是件非常有趣的事。

　　小时候，除了每年夏天总嚷嚷着要吃冰淇淋，每天晚上看大人在院儿里纳凉，自己和小伙伴儿们疯跑，看见磷光被大家描述成"鬼火"这些有趣的事儿以外，就属和爸爸一起在夏夜的阳台等待昙花一现最令人充满期待了。因为你永远不能预知它开花的具体时间，能做的只有傻乎乎地盯着花静静等待。那时候的我喜欢把小手放在爸爸粗糙的大手掌里，扑闪着眼睛问："什么时候我的手才能长到爸爸这么大呢？"爸爸说："你长大后就有这么大了。"每次我总是熬不到昙花开放的时间就在爸爸怀里呼呼大睡了，见我睡着，爸爸会把我抱到床上，然后自己守望着昙花等待那美丽绽放的一刻。等到那花蕾舒展身姿的第一时间，爸爸会跑进我的房间，将我抱到阳台，让睡眼惺忪的我来看这最美丽的夜晚皇后。这是属于我的关于夏夜阳台的最美记忆。

　　那时候的我喜欢把小手放在爸爸粗糙
的大手掌里，扑闪着眼睛问："什么时候
我的手才能长到爸爸这么大呢？"爸爸说：
"你长大后就有这么大了。"

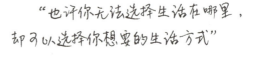
"也许你无法选择生活在哪里，却可以选择你想要的生活方式"

当我面对这没有阳台的小家，首先当然是免不了失望和遗憾，但是对于从小热爱花草的我来说，是一定不会就此罢休的。装修过后，为了除甲醛，我开始购买竹炭和各种绿植。最初购买的绿萝，两年过去藤蔓已经有一米多长。因为有了自己的家，我对植物、花草、家居的热爱也如同滔滔江水一发不可收拾了，对于植物完全失去了抵抗力！每次迈进花市就不舍得离开，还可以逛上一整天，中了毒一般，这恐怕就是对于一件事情以及生活的热爱的一种表现吧，即便你的家并不完美。

盆栽

微型月季

金桔

洒水

当然美好生活、美丽生活可并不是和金钱画等号的，就像我们没有豪华的房子、没有庭院，虽然我真的好想拥有一个很大庭院的家，可是年轻的我们不会想着一步登天，而是决定一步步实现自己的生活理想。

"也许你无法选择生活在哪里，却可以选择你想要的生活方式"这是网络上和无数的书籍杂志中常常提到的一句话，然而现实生活中，大多数人无论是选择生活在哪里还是选择生活方式都很难，理由有很多，金钱的约束、工作的忙碌、家庭事务的繁杂……无论什么理由，在我看来，都抵不过内心的懒惰。**我想，拥有一颗淡然朴素的心和一双发现美好的眼一定是获得理想生活的必要条件。**

我一直认为所有的技巧或者方法在获得幸福的条件中都排次位，最重要的是有一颗追寻美好的心。我在任何一个领域可能都不是个专家，虽然只拥有一个小小的空间，但这并不影响我对园艺的热爱，这让我的家处处都充满绿意，处处都充满了对生活的热爱和来自生活的幸福感。

美好生活的要素不过是身体健康、家人无恙、内心平静快乐、有最真挚温暖的爱。体验这种快乐就像种一株小小的植物，看它发芽、长叶、开花、结果，与它共度生命的春夏秋冬。这就是最简单、最平实的小幸福。

小皮《生活》

每一天都要有阳光和植物的芬芳

"谁不是从小虾米摸爬滚打过来的呢，江湖不死规则不变"

一直以来我都不曾认为自己是个十足成功的种花人，我更多的只是出于内心的热爱而努力去摸索，虽然我大学学的专业是风景园林，毕业至今从事的工作也是景观设计。我们专业学的很杂，从工程技术到绘画、插花都学了个遍，毕业后我们班从事金融工作的较多，可以这么说，不是好景观设计师的吃货不是好会计，所以是否擅长养植物跟从事的工作其实关系不大，无数个我的同事（均为景观设计行业资深从业者）跟我说过他们连仙人掌都可以养死。拿我自己说吧，我也的确连仙人掌都养死过，而现在大部分小植物在我的照料下过得还不错，所以说谁不是从小虾米摸爬滚打过来的呢，江湖不死规则不变。

"啊，往事真是不堪回首！"

　　记得刚工作那会儿，我终于拥有了自己独立的小空间，十分欢喜地想要大干一番，正巧小区出门不远有一家特别小资温馨的植物店，就买了几盆多肉、白掌、水培红掌，还有那时候流行的魔豆。回到家后，我就立马把魔豆种好。刚开始的一周，我每天都会仔细观察发芽情况，一周以后果然慢慢长出了纤细的小苗，由于正处于夏天最炎热的时节，又过了那股满脑子的新鲜劲儿，我开始慢慢疏于对这几株小植物的照顾，并且也因为没有仔细了解每种植物的特性，所以大约一个月以后魔豆全军覆没，白掌这种对水分需求较高的植物也一并挂掉。养水培被很多人认为是件非常简单的事情，但是要想水培变得简单，最关键的是要选对品种，如果做不到每天或者隔两天换次水的话，它就会很快用死亡来证明决绝。一两个月后，红掌开始烂根，但是我并不知道如何处理，只能等待其离我而去，啊，往事真是不堪回首！我的经验呢，就是想再次告诉读者朋友们一定要用知识武装自己。

"贱"系植物最好养

水培的话，建议选择成活率高，对阳光等其他外部条件需求不高、好管理的植物，这种特性用一个字来概括就是——"贱"！

推荐品种

绿萝（必须强烈推荐，实在太好养了，基本不用你操心）、迷你龟背竹、袖珍椰子、铜钱草、白掌、水仙、风信子。

初期一定要勤换水。多肉植物的话，一开始也因为不懂得科学养殖和不了解它，导致看着它从萝莉徒长成大婶儿也还是稀里糊涂，我还真是没文化真可怕的典型代表啊，哈哈哈！

　　我们常说爱它就要了解它，这句话用在植物上也是再适合不过。

迷你龟背竹

水仙

袖珍椰子

风信子

白掌

雏菊

爱它就给它打造最舒适的家

土壤 | 土壤为植物提供养分并支撑它生长。不同类型的植物对土壤特性的要求是不同的，就像亚洲人和美洲人的饮食习惯不同是一个道理。

A. 多肉、仙人掌类（土壤需求：排水性好）

这类植物本身是肉肉的，叶片里面已经含有很多水分，而且它们的原生环境是沙漠或者比较干旱的地方，所以它们对水分和营养的要求是不高的，因此，需要选择排水性非常好的土壤，可以在平常的土壤里面加入珍珠岩、蛇木屑、鹿沼土等改良。

B. 室内耐阴观叶的植物，例如和果芋（土壤需求：注重保水性）

其原生环境一般是在山涧小溪的大树底下，所以是耐阴又喜水一点的，在土壤方面就要注重保水性，而且室内栽植避免土壤板结十分重要，所以选择上好的泥炭土加珍珠岩是不错的选择。

C. 普通草花（土壤需求：肥沃土壤）

花儿虽然人见人爱，但也是最消耗营养的部分，所以可以选择肥沃一些的土壤哦。

水分丨浇水学三年,这句话真的是真理。水是生命之源,更是植物的命根子。大部分植物保持表土微微湿润是较好的状态,浇水则浇透,当然最好使用底部有孔盆器哦。

糊小 Q 自创　完全无视技术控的粗放派浇水法:

我对植物都是粗放管理,所以我自己摸索出一套比较管用的浇水规律:

普通植物

夏季 2-3 天

春秋季 4-6 天

冬季 5-8 天

多肉植物

夏季 2-4 天

春秋季 5-8 天

冬季 7-11 天

时间:宜早晚,不宜正午。

室外、露台、屋顶蒸发量很大,需多多勤奋付出,夏季阳光爆裂时早晚各一次呢。

光照 | 晒太阳可以使人类骨骼强健，对于植物来说也是一样的。但是不同的植物对光照的需求差异较大。

仙人掌类★★★★★

多肉类★★★★

香草类★★★

果蔬类★★★

耐阴观叶植物★★

一般观叶植物要求不多，室内散射光就可以满足。

蕨类、特耐阴植物可以接受比室内散射光稍暗一点点的环境。

千万不要挑战它们的底线，否则它们会伤心地死去呢。

器皿丨一切器皿都可以是植物的家，哪怕是一片青瓦、一个酸奶瓶，只要有心，你可以发现各种各样好玩的器皿，比如鞋子、相框、轮胎……

选购丨如何购买需要的植物或器材呢，可以到当地的花市逛逛。我在成都会去三圣乡或金林湾花市。

花市丨花市的东西有的会比网上贵一点，但大多数其实不会差太多。逛花市的优势是可以看着实物买，也可以避免植物在邮寄途中的损伤。

植物店、花店丨我也喜欢去一些有格调的植物店或者花店采购，成都的芳客植物店、海蒂花园、莫奈花园是小而美的地方。

淘宝 | 还可以上淘宝搜索园艺相关的内容，常常有很多朋友说，做微观景观里面的小配景的话，在淘宝上和花市上找到的好像都差不多，就只有一些龙猫、花仙子什么的，这其实是因为搜索时输入的关键词不对，大家可以在淘宝搜索"食玩"，就可以看到很多有意思的超级小玩意儿啦。

The Weepies *Take It From Me*

给我一份情牵一世的感动

"今天要订什么花呢？"

"朋友生日，希望她早日找到属于自己的幸福。"

"薰衣草吧，它的花语是等待爱情。"

和 IRIS 的相识是从买花开始的，IRIS 是两个年轻女孩儿开的花店，她们俩原本在不同的公司从事广告设计工作，在自己的岗位上游刃有余，职位也到了中层，收入颇丰。原本无需为未来太过担忧，也无需因为不适而重新选择职业，只是因为爱花和一切美好的事物，也是因为缘分使两个人相识，后来她们就一致选择离开公司，合伙开了一间梦想中的花店，既是老板又是店员。

"这是薰衣草。您儿子在的地方，也有一大片这种花，空气里也会有这样的味道"

在一年多的时间里，我和IRIS的姑娘逐渐成为了朋友，也常常听她们讲起订花人的故事。

"这是一个让我们感动落泪的客人，一次错误产生的缘分。"这是母亲节发生的事。一位客人在网络上咨询了很久，订下一盒薰衣草永生花。

起初，这位客人并没有引起她们的注意，直到看见客人为母亲留下的祝福语，其中有一句是"希望在有生之年能回报您对我的爱"，这个沉重的"有生之年"不禁令人心生许多猜想。

于是，女孩儿们对这个订单开始特别留意，知道花送到时，这位阿姨不在场，便特地打了一个电话，破例泄露了客人身份，告诉阿姨这是她儿子送的，提醒她别忘了取花盒。

就是这个电话，触碰了这位母亲内心的隐伤。其实，他们对客人的性别判断错了，客人是一位女生。巧合的是，这位阿姨真的有一位在新疆当兵的儿子。送花人是姐姐，而在外地当兵的是弟弟。

当姐姐告诉她们这个误会后，姑娘们很内疚，表示一定要为姐姐澄清一下。但姐姐却说："不用了。妈妈对弟弟的期望很高，知道是弟弟送的，一定很开心。错了就错了吧，我只是想让妈妈开心而已。没必要计较是谁送的了。"

"这是什么花？好香啊。"阿姨有一天出乎意料的打来电话问。

"这是薰衣草。您儿子在的地方，也有一大片这种花，空气里也会有这样的味道。您儿子很爱您呢，祝您母亲节快乐。"女孩儿们按照订花姐姐的意愿这样"骗"过了阿姨。

电话那头阿姨哽咽了，因为对儿子的思念有了出口，可以和他感受到相同的花香，似乎母子此时近在咫尺。

后来姑娘们问姐姐，为什么会想到用"有生之年"四个字呢？

姐姐说，小时候自己特别叛逆，总是让妈妈操心。那个时候从来不知道体会妈妈的辛苦。直到现在，自己已经是五个月大宝宝的母亲，才明白做妈妈有多不容易。所以希望用后半生好好爱妈妈，就像妈妈当初爱自己一样。

善意的谎言，都是因为亲人之间的爱。

"人与人的缘分有两种，一种是偶然发生的，一种靠事在人为"

在花店里，遇到最多的还是为获得爱情而来的人。很多客人说过如果有一天跟心爱的 ta 结婚了，一定寄喜糖过来。

一位老顾客，每个月都会在 IRIS 家订购花盒送给一位女孩。有时是永生花，有时是鲜花，每次都不留名，也没有写卡片。这样送了半年，有一个月，这位客人迟迟没有出现。姑娘拿着新作品的照片主动找他，客人却说不用了。原来他们一直在异地恋，未来有很多不确定的因素，也不知道何年何月可以在一个城市，所以最后，彼此都对感情动摇了。

　　"你们根本不是距离的问题，是因为你的半途而废。如果你自己都不珍惜自己的付出，以后谁会珍惜你的付出！"姑娘为客人感到气愤，脱口而出。

　　一番言语之后，客人没了回音。几天后，客人又来订花了，他告诉IRIS的姑娘们，他想了很久，发现自己深爱的还是原来那位，所以，他会继续每月送花，继续坚持他们的爱情。

　　后来，客人和女友之间也发生了一些矛盾。有时是他惹女孩生气了，不知道怎么去哄；有时是两个人再次因为距离动摇，想要退缩。这个时候，姑娘们会以朋友的身份，给他建议，开导或者批评他。

　　终于有一天，客人兴高采烈地说，公司要在女孩所在的地方开分公司，他申请了派遣。这之后，客人又连续送了一年多的花，他们结婚了。为了感谢IRIS花朵的陪伴，还特意寄来喜糖。

　　人与人的缘分有两种，一种是偶然发生的，一种靠事在人为。前者侧重运气，是命中注定的缘分；后者侧重人为，靠努力积累也能将缘分变成自然而然的事。无论是那种缘分，都需要用心经营。

　　一家花店有时候卖的不仅仅是花，还有连接人与人之间的缘分，这份因花而起的缘分不会因时间的改变、世事的变迁而消逝，它淡淡的，就像花香一样沁人心脾。

Q 语：

1、购买玫瑰的话，最好请店家帮助剃掉刺儿，然后准备专业一些的园艺剪，因为玫瑰枝条比较硬，所以要戴上橡胶手套保护好手。

2、养花的水，冬天要一周一换，夏天则两三天一换。在水中加少许洗洁精可以延长鲜花开放的时间。插花前用少许食盐、醋涂抹花枝切口，也能令花朵保持较长时间。

3、有些花卉可是美丽的杀手，不宜放置在卧室或者封闭的环境中，例如：郁金香（容易使人头昏脑涨，头发脱落）、百合（容易引起失眠）、洋绣球（散发的微粒容易引起皮肤过敏）、兰花（容易引起失眠）。

书桌　香槟玫瑰
　　　栀子

这个时代的好处就是什么都能买到，甚至只需要动一动鼠标，但我还是想亲手制作出独一无二的东西，一个人打造我自己想要的生活，好生活其实一点都不贵，每件用心做出来的手作，都有一种让人幸福的温暖。

　　篮子，一种再日常不过的器具，藤条编织而成用于放置生活物品的容器，可以种花、可以扮靓，我开始爱上篮子里的精彩。

傻气女青年——文艺女青年的切换时刻

DIY 超贴心的小小花篮

|准备物品|

工具：小铲子、镊子、喷壶

资材：花篮、植物、玩偶摆件、石子、陶粒、种植土

|制作步骤|

1、花篮较深的话可以先用陶粒填充底部至篮子三分之一深度，这样可以减轻整体重量且增加底部的排水能力，只要再铺上一层种植土至花篮二分之一处即可；

2、选择一个主要的看面，将植物根据高矮和色彩进行一定的规划，较高的植物靠后矮小的植物靠前，形成前后的层次关系，中间或者靠边缘位置形成一块可以造水系或花园小景的空地；

3、植物脱盆栽植，中间留白处铺上苔藓；

4、放置上小玩偶摆件，如果摆件没有可以固定于土壤中的插条，那么用铁丝在玩偶底部绕圈并留出一段 5-10cm 的插条插入泥土固定，剩余部分可以继续铺上苔藓或者石子；

5、美美的花篮大功告成，最后选一个漂亮的卡片写上你温暖的祝福吧！

Don MClean *Vincent*

瓶子里的童话

"我是个傻气女青年，是个丢在人堆里永远找不出来的女青年"

那年夏天，我还扎个马尾辫，留着傻乎乎但很可爱的齐刘海，说话不带绕弯子，每次挤在公交车上，汗水总会让刘海贴在脑门儿上呈中分状，每当这个时候我最盼望发生的事情是下一场大雨。

我是个傻气女青年，是个丢在人堆里永远找不出来的女青年。大学刚毕业，没名牌大学的文凭、没工作、没钱、没男朋友、没车子、没房子、没孩子……在这个城市边上租了一个属于自己的小窝。我没有什么大志向，只是想着不要回老家做安排好的工作，过按部就班的生活，两年后再嫁给一个差不多的男青年，这事儿我觉得想想就可怕，终究还是内心的不安分让我决定趁青春年少挥霍一把。

　　我家楼下的大爷每天早晨会拉二胡，院子里还有只鹦鹉会不分场合和时间叫"爸爸"，然后我就会对鹦鹉叫嚷："爸爸在这儿呢！"

"我相信，不辜负每一种天气、每一样食物、每一刻心情，才能不辜负自己的心"

毕业前我没有和很多同学一样如愿签了好单位，以致毕业后的很长一段时间忙着找工作。那个时候的我，每天除了吃饭睡觉就是上网投递各种简历，一天至少投三十份，从淘宝客服到设计师无一不是我的目标，我总没心没肺地想：反正网上投简历不用给钱嘛，多投一个是一个机会。投完简历后，我就拨开被汗水打湿的刘海大口吃冰淇淋，窗台上郁郁葱葱的小雏菊和年轻的我一样对这世界充满了好奇和希望。

使出浑身解数并且端正了自己的行为举止以后，我终于得到了一份设计助理的工作。设计工作既是个脑力活更是个体力活，别以为网络上吐槽的坑爹专业都是假的：工程管理专业的同学想象自己是穿着笔挺衬衣、系着领带，手拿蓝图，一副高瞻远瞩的样子，对比图是毕业以后在工地搬砖；学习设计的一副很牛的洋气范儿，毕业以后，头发乱成鸡窝，穿着拖鞋，每天改图熬夜，头发都掉光……我确实在设计院看到不少每天穿着拖鞋，头发也可以让小鸟做巢的哥们儿，但是这些不妨碍我热爱这个专业，热爱我的工作！写着写着一股子鸡血又上来了。

　　设计院也有不少年轻人，大家喜欢户外运动，经常组织活动。有一次在骑行去附近郊县的路上，夕阳西下，经过一片稻田，我骑着在二手车市场花一百元淘来的捷安特风驰电掣，同事说，我给你拍张照吧，我就站在稻田前照了一张。我侧着脸，夕阳刚好照在我青春洋溢的脸上，看，我的眼神里充满了梦想和坚定。

　　之后的好几年，我忙忙碌碌地工作，忙忙碌碌地生活，有时候也十分不如意，换过工作，否定过自己，怀疑过自己，还险些在各种外界的声音中遗忘了自己和想要的生活，沉溺于追逐某种既定的人生标准。

　　有一次出差，早上7点半的飞机。黎明前的黑夜中，空气清新，有一丝丝凉意，机场路的两侧是繁华的城市，路灯微黄，我将头侧向窗外静静欣赏这一切的美好。时间仿佛定格，我脑中是对这城市满满的眷恋和回忆，在郊外稻田边青涩而坚定的侧脸也浮现在眼前，我突然想起曾经在书上看到过的这样一句话："岁月不知不觉地流逝，当我年纪老了，回首一生，我希望我过的是朴实、宁静、幸福的生活。尽管没有什么大作为，我将也是在美中过此一生。"如果可以，我不希望对这一生有什么遗憾，所以我内心笃定，认真生活。我相信，不辜负每一种天气、每一样食物、每一刻心情，才能不辜负自己的心。

　　时至今日，我还常常感慨光阴如飞驰的疾风，绝不留情。看自己每个阶段的照片，无论是容貌还是心智都在追随时光的脚步一路前行。这几年，也许换了很多发型、换了很多发色、胖到过120斤瘦到过90斤出头，但唯一不变的是我眼神里的内容。过去值得回味，未来值得期望，而我坦然喜欢现在的自己。走在梧桐道上，穿一身白色素裙，微风吹起发梢，阳光投射下来，树叶的清香悠悠然然，擦肩而过的陌生人颔首微笑，这一切都简简单单，我觉得就这样很好。

每个成年人，不论男人、女人，心里都住着孩子气的男孩儿、女孩儿。男孩儿义气、想去环游世界、有时任性；女孩儿永远对萌物没有抵抗力，喜欢粉粉的东西、爱美、期望有人保护……在现实的生活中，我们被赋予了太多的角色，比如女儿、妻子、母亲、老板、职员等，忙忙碌碌，不得空闲，而清空所有的角色以后就只剩下那个梦里的小孩，行走在童话森林中。

苔藓可以说是微小到尘埃里的植物，路边的石头上、邻居家的花盆里、奶奶的小院里，小时候每次雨过总能在瓦房的顶上看见这些绿油油的小玩意儿长出来，丝绒一般的质感，觉得漂亮却从未真的细心留意它。它有自己的世界，其实从不孤单，从它上面爬过的小蚂蚁，躺在它身上的落花，也许都是它的伙伴，童话森林里不就是满世界的绿和可爱的小伙伴么，瓶子里搭建的世界可以是一个梦，也可以是一个小故事，都仿佛是与世隔绝的小世界。

"当孢子在晨光中闪耀光芒时

期待如天鹅绒般的愿望就会静静地落下来在这片心灵的绿毯上

请让已对世界感到疲惫的我坐在上面吧"

——《咏青苔》永濑清子

生活里需要一些白日梦和一点天真。

傻气女青年——文艺女青年的切换时刻

梦中的苔藓瓶

∣准备物品∣

工具：小铲子、镊子、喷壶

资材：玻璃瓶或鱼缸、植物、玩

偶摆件、石子、陶粒、种植土、水苔

∣制作步骤∣

1、瓶底用轻石或者陶粒铺满；

2、铺上一些种植土，干水苔喷水至吸收湿润，均匀铺在土上面；

3、为了增加装饰效果，在一层薄薄的种植土上面，我用了几种颜色的彩色沙增加层次和韵律感；

4、在铺好的彩色沙子上面再铺上一定厚度的种植土；

5、用镊子将植物小心地种下去；

6、空白处散置石子、苔藓，再摆上小玩偶，大功告成啦。

王菲《致青春》

请许我一场盛世恋

"人到了某种年纪就必须要按照既定的人生路去做既定的事，谁说的？"

好像人到了某种年纪就必须要按照既定的人生路去做既定的事，至少在上一辈的眼里这是一种必然。有没有在节假日的家庭聚会上、父母同学的女儿的二表姐的婚礼上、亲戚的寿宴上……总之各种老一辈儿小一辈儿团结在一起的日子里，因为你还没有结婚，甚至还没有男女朋友，被三姑六婆、四姨七妈、五舅八婶包围审问过呢？

"你多少岁啦？"

"可以谈朋友了，再不谈朋友，年纪就上去了，更不好找，特别是女孩儿……"

"早点结婚，早点要孩子，年纪大了不好生……"

"阿姨给你介绍一个，绝对长得帅、有房有车、工作稳定、家庭好的……"

……

中国好姑娘 25 岁后的辛路历程

25 岁……热心的阿姨们暗示我即将变成烂在地里的大白菜。

26 岁……人生相亲高峰，总共三种模式：我嫌弃对方，对方嫌弃我，互相嫌弃。

27 岁……顺利地在婚姻自由的民主法治社会中解决了人生大事，不再被折腾。

29 岁……继续被折腾："什么时候要孩子""要一个还是两个？"

……这么被扭曲过的我，很难想象自己在五十岁后，能不怀着一颗复仇的心去折腾别人家的小姑娘……哦，千万不要……

在三个月内被相亲 16 次，是我的相亲高峰期，我相信一定还有比我更悲惨的姑娘，大家对于相亲这件事都可以会心一笑，你懂我懂。

相亲中的三大"呵呵"——

※ 介绍人说是帅哥的一般很普通

一个长腿欧巴，如沐春风、面带怡人微笑地朝你的方向打招呼的时候，千万别误以为自己在韩剧中，高富帅和灰姑娘的故事一般难以幸运地降临在你身上，事实一般是他在和你背后的白富美或另一高富帅 say hi。没错，对象多数是淹没在人群时无法寻见的男青年。

※ 介绍人说家庭条件非常好的一般来说就是小康家庭

什么爸爸是公务员，妈妈是医生之类的，什么豪门世家都退隐在八百里以外，基本跟你没什么关系，当然捞不到这样的好事也因为自己没有千娇百媚的身段和楚楚动人的外形，再说，你什么都具备了相什么亲啊。

※ 介绍人说工作非常好的一般来说顶多是工作比较稳定

多半是铁饭碗，公务员、警察、教师之类，或者是外企小职员、主管之流。指不定哪天政策变化或者遇到金融风暴等各种不可控因素让你对 ta 的前程担忧。

你可能会遭遇到的奇葩——

相亲中，遇见渣男、怪胎的可能性比踩狗屎还高。你一定要有一颗强大的心，来迎接各种各样的男人。

※ 土豪男，有点小职位就觉得自己有能力又很牛；

※ 纯屌丝，有点小钱就觉得自己风生水起，未来必赶超李嘉诚；

※ 奶瓶男，有个房有个车，就觉得自己已经到了中产，其实房子车子都是爸妈买的基本就是一啃老；

※ 花美男，有点儿小长相、小爱好，就觉得自己帅气动人、魅力无边；

……

看来，男人比女人更容易自恋。

对不上眼的各种理由——

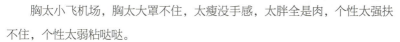

※ 女人对男人

年纪太小不成熟，年纪太大有代沟，个
子太矮基因不好，个子太高接吻够呛，钱太
少不能耗费青春，钱太多出轨几率大；

※ 男人对女人

胸太小飞机场，胸太大罩不住，太瘦没手感，太胖全是肉，个性太强扶
不住，个性太弱粘哒哒。

……

相亲＝市场买肉论……你说 13 一斤

……我说 12 一斤……12.5 大家各让一步＝成交

"先找到自己的内心，再寻找理想伴侣"

对于爱情的期望，很多人说变得越来越少，就如同对生活的梦想越来越
淡，取而代之的是漠然接受。我想说顺应自己的心意追求想要的生活才会最
快乐，短暂一生中没有几个时刻可以让我们去后悔，你的内心是怎样你的生
活就是怎样。当然遇到一个理想伴侣的前提是自我修炼已经足够到位，我一
位朋友常常向我抱怨，说自己总是吸引到非常奇葩的男朋友，我回她，如果
你都没有看清楚自己的内心，盲从或者易被外在的表面的东西所吸引，那你
也只能吸引到奇葩的对象。

我的朋友里集合了 12 个星座，可以说各色奇葩应有尽有，观察他们迥异的个性无疑是人生一大乐事。

"双子——她从来不缺少爱情，却很少能长时间不厌倦一段爱情"

　　"你又在发什么呆呢？"陈小姐蹬着恨天高轻抚着她新烫的大卷发，身姿摇曳地走到我身旁，"我又单身了。"她眼角上扬，不知道是忧伤还是略带骄傲，这恐怕是她第 X 次甩掉一个死忠追随者了，双子座的她热情、明朗、美丽、楚楚动人，前赴后继的追随者拜倒在她的石榴裙下，却没有一个人能看得清楚她，或许这也正是魅力所在。她从来不缺少爱情，却很少能长时间不厌倦一段爱情，看她若其事以为她从来不在乎，外表上她是御姐范儿，心底里她不过是个小女生，一样对爱情有最浪漫的幻想，一样希望有个男人天长地久地保护她。

她的开运水果是石榴，聪明有余但持久性不足是双子的个性，石榴繁杂的工序可以培养你的耐性，提升持久力。

"摩羯——热爱工作的好青年，老板喜欢的最佳员工"

喜欢带黑框眼镜的木讷哥其实并没有想象中的木讷，摩羯座的他是爱工作的好青年，老板喜爱的最佳员工，他做事靠谱也常常冒出令人惊喜的小点子，你以为他是个沉稳的职场精英，却会以孩子天性的一面闪瞎你的狗眼，他的感情世界从来让我没有太多惊喜，"稳、准"已经将他全部细水长流的爱恨情仇道尽，唯独差一个"狠"字，对于他这样安静的美男子来说，必须增加的是爱情中勇往直前的战斗力，适合他的开运水果是香蕉。庆幸的是木讷哥终于拿下倾慕已久的女孩儿，他的女朋友悠悠是个处女座女孩儿，再来两个字概括他俩：绝配。土相星座的完美合体，闷骚的绝佳组合。

"处女座——自黑、被黑的心酸人生"

处女座，我不想再黑一遍了，因为我自己就是常常被黑得外焦里嫩的处女座，人生总是会夹杂着些许的无奈与悲催，接受被黑就是这么一个心酸的过程。悠悠是矛盾至极的人，表面较真，内心却爱幻想，每次和木讷哥出现不愉快的经历，总是一副冷静理智到让人难以置信的状态，明明内心已经在滴血或者泪奔到崩溃，却依旧淡淡地说一句我很好。

外表龟毛、闻着臭吃着香，简直和处女座是天生一对的榴莲就是最配她的桃花果。

"狮子座——霸气的爱情女王"

要说霸气，我遇到最霸气四射的是怡，和她恬淡的名字不同，亦和她娇小玲珑的身躯千差万别，我在她身上能看到永不退缩的勇敢，不论是爱情、生活、职场，她都像个斗士，很有正义感，可以为朋友两肋插刀，她就是狮子座。小身躯萌脸狮子，却永远能量无穷，她常常得罪人，可是相比她得罪的人她的朋友更多，她是友情里的男人，爱情里的女王。

晶莹剔透、细致温婉的葡萄正好与她霸道热烈的性情互补，属于她的开运果。

"巨蟹座——家不要大，有爱就好"

巨蟹座的萍是个好妻子，好母亲，和大家从星座宝典上认识的那种女子高度相似，家庭是她生命中最珍视、最视为瑰宝的。儿子喜欢吃她做的芒果蛋糕、红烧肉，她是下厨的高手，而她自己评价自己只是会做点小菜的小女

子，她说童年里最美好的回忆之一就是爸爸妈妈一起做饭时自己在厨房偷吃一块香酥鸭，家不要大，有爱的家人就好。

苹果是巨蟹的幸运果，平安、幸福，大抵她的名字也是这样美好的谐音。

"白羊座——火力全开、火花四色、火气冲天"

挑剔先生是我最不爱"待见"的一位朋友，他挑剔、苛刻、对任何事情、任何人都可以提出多到可以另你脑容量不够的意见，虽然很龟毛，但不得不说很多事情他的确分析得非常到点子上，他也算得思维清晰、见解独特的一个才子。你是不是觉得他可能是个处女座？出乎意料的是他是白羊座。他总是能成为朋友圈里做一件事的组织者、领导者，创造力十足，不得不说关于摄影的兴趣都是来自他的启发，然而我却永远无法与他和平共处，他认为我是世界上脾气最火爆最糟糕的处女座，我认为他是世界上最龟毛最挑剔的白羊座。是的，白羊就是这么一个火力全开、火花四射、火气冲天、热情似火的烈性子，冰爽的西瓜正好是他们消暑、开运的好果子。

"金牛座——让人说不出的安心感，我喜欢"

我喜欢和金牛座的亲相处，可能是同为土相星座，性格里有吸引之处吧。

金牛妞有种让人说不出的安心感，永远可以看到她们笃定的眼神，认真的身影。第一眼看见美美，觉得她一定不是个善茬儿，低胸的米色小外套，皮肤雪白，红唇，有些妖气，女人看了羡慕嫉妒不待见，男人看了垂涎三尺。她有着绝对超越年龄的成熟，说起话来声音带点沙沙的质感，稳重思维清晰，她会记住我喜欢喝拿铁，却又会偶尔把手机忘记在家里，她是个做事很负责的人，她身边不乏前赴后继的追求者，却总不见她抛出绣球。穿着上她是个大胆热烈的女子，感情上她是个小心翼翼的女孩儿。

鲜甜可口的荔枝是属于金牛的桃花果，助她在遇到 Mr. right 时勇敢迈出那一步。

"天蝎座——让人又爱又怕的星座"

细数了这么多朋友，天蝎座应该属于我又爱又怕的星座。爱他们的黑白分明，爱他们够仗义，爱他们总是可以无条件真心帮助身边的人，热心又真诚。怕他们的疑心重重，怕他们的嫉妒心，怕他们在受了委屈后的报复心。真的不想总是成为你的垃圾桶，也真的不想总是看你在似有似无的第六感中猜疑出与恋人的不愉快，你可要记住你是神秘魅力的天蝎啊，请不要忘记自己的光芒。

桃子是桃树开花结果后的产物，蕴含桃花的美意，天蝎的桃花果，收获一段没有猜忌只有信任的恋情就是最美的携手。

"双鱼座——小情怀的好姑娘"

舟舟是个 IT 工程师，每天与各种代码、程序、数字打交道，她不是耀眼的女孩儿，从她的穿着也一定看不出她浪漫的心思，只会觉得这是个老实本分的姑娘，她的生活是单调的，工作是很多人看来有些枯燥的，她生活里的一大爱好是看韩剧，她说并不憧憬韩剧里的生活，只是爱韩剧里的浪漫情怀，她特别感性，我们一起去看电影，她一定是泪点最低的一个，这样一个小情怀的女孩子真是容易让人喜欢。

她的开运水果：雪梨，香脆可口、汁多味美、表皮光洁细腻如双鱼一样，但它耐贫瘠的土壤上生长又能助双鱼增加强大的正能量。

"射手座——不羁放纵爱自由"

任何场合里似乎都少不了射手朋友的捧场，他们是热情、幽默、自由自在的一份子，派对里不可或缺的精彩嘉宾，我认识的射手们仿佛都极其智慧，活得明白又洒脱，"难得糊涂"似乎是他们的共通特质。Joe 是个幸运儿，他的人生里好像总是什么都刚刚好，从广告人，到非洲鼓老师，到特色小面馆老板，你永远猜不透他下一步要做什么，下一站要去哪里，"不羁放纵爱自由"或许正好是他的生活原则。

香甜的草莓和射手一样具有吸引力，是射手的开运桃花果，甜蜜柔软平衡了不安的心性。

"水瓶座——上知天文下知地理"

水瓶座的守护神是希腊神话中的天王星，上知天文下知地理并且能够预知未来的智慧之神。他们喜欢追求新事物或者新的生活方式，聪慧又具有前瞻性。我认识的水瓶似乎都是没有大抱负却有小智慧，和他们做朋友从来都不会枯燥，Mary已经有过丰富的感情经历，却总觉得找不到理想中的契合点，爱情里她总是特别决断，然而自己却常常为之遗憾。

橙子厚实有钝感的皮和不惊艳却香气长留的特质让水瓶懂得体味平淡生活的点滴美好，能够增强瓶子的桃花运。

"天秤座——才华横溢的理想型"

才华横溢的人从来都是我羡慕的对象。晓默去过很多国家，看过很多风景，我羡慕她有这样多的时间和机会，更为之动容的是她的照片和文字总能

带我穿越千山万水，她是学财经出身，却不甘每日和财务报表往来，她喜欢艺术、音乐，这个城市里的展览和活动总能见她穿梭的身影，第一次拿起相机的时候她已经超过 25 岁，拿起了却放不下了，天生的艺术感知力让她的照片不动声色地激起心中的情怀。她是个理想主义者，恋爱对她来说就是一场享受的旅行。

俏丽的樱桃正能般配天秤的艺术气质，给她带来爱的信念和好运。

做了一个梦，梦里有花海，有树上掉下来的果子，有怪诞欢乐的聚会，有收获的情谊。好吧，愿美梦成真。

末小皮《单身的请举手》

做个像三毛一样七窍玲珑心的女子

"放弃是件太容易的事，却永远也体会不到坚持到终点的喜悦"

　　四五岁到十来岁的时候我是个充满各种想象的小孩，我会在石头上画花朵，然后涂上清漆，在陶罐上画图案，模拟原始器具，用筷子做小书架和小木框形的灯，跟我妈说我要去夜市摆地摊卖我创作的东西赚钱。小孩子的世界是简单无负担的，满口都是幸福的味道，随时都会有新奇的发现，创造新鲜事物从来不需要家长老师的教导。他们总是充满了各种奇思妙想。

　　人生的路上我们有太多放弃、不坚持，就像今天我觉得自己工作越来越忙碌，被很多琐碎的事情包围，也想休息，想娱乐，觉得写作和做书变得艰难，想放弃。但如果就此放弃了，我可能每天会多出两三个小时的时间去娱乐和放松，但是却少了一个给自己的交

代。放弃是件太容易的事情，中学时候考 800 米长跑，可以跑 200 米就放弃，这也许轻松，却永远体会不到坚持到终点时的喜悦。

《你的孤独虽败犹荣》里面有这么一段话："如果你到了三十岁，多少会明白一个打脸的规律——本来已经决意放弃的事情，却因为没有退路，只能硬着头皮，抱着别输得太难看的心情坚持完成，你不停宽慰自己等完成这件事情，这一辈子，下辈子再也不做这样的事情了，事情终于在你脸皮不要的坚持下结束，你居然爱上了这件事情，而周围的人对你评价也出乎意料的好……"在快到三十岁的年纪里，我的确是深深地明白了这个打脸的规律。坚持不易，尤其是关于梦想的坚持与坚守，很多人觉得太难，还有人遇到些阻力就选择了放弃，他们只艳羡他人的成功。然而，这种只懂得艳羡他人的人也许是最傻的，因为成功是别人的，自己仅仅看着别人成功绝对是毫无意义的。

"每个人决定改变的理由都不同，重要的是试图去做，生活就会更美好。"

年纪越小越野心勃勃。想融入所有人的圈子，想得到所有人的认可，一个当下流行的词汇"入流"可以说明这样的状态，不入流是件可怕的事情，仿佛站立在一个孤岛上看他人狂欢。走了一些路，过了一些桥，看过一些风景后才明白，原来可以躲藏在孤岛上是件幸运的事情，世界很匆忙，你永远试图追赶，却发现永远无力追赶，还不如好好做自己。

有时候下班回家会去菜市场买菜，给自己做一顿晚饭，看每一株植物的成长，甚至偶尔搞笑地和它们说话，试图问候它们是否开心，我一直相信植物和动物一样，它有情感的需求、有生命、有世界。把水装在浇水桶里，来来回回、跑前跑后，好像也成为了长时间工作后的一种体育锻炼，在这样的事情中我们关注过程，享受过程，回到自我的本心。很多事情告诉我们拿结果说话比做什么其他的都实在，最好的解释就是一个优秀的结果。而在这种自我回归中，终于不必看结果，也找不到结果了。

种花久了，越来越多的想法在心里萌生，总是希望创造出令自己惊喜的搭配，但是又发现很多自己内心中构想的场景无法实现，市场上的花器也不能满足创作需求。我想自己动手制作，却感慨手工能力变得很差，这让我想起十岁那年的暑假，自己用筷子做的书架和灯罩，如果留存到现在我想会是一件十分不错的艺术品。那时候家里有一个很大的木头箱子，就在我的床下，像百宝箱一样，里面有各种数不尽的工具，锤子、钳子、锯子、砂纸……幼时的我常常要费好大力气才能把箱子拖出来，却每次都有不虚此为的感觉，因为那壮举就像发现了宝藏。八月的天气热到空气都是滚烫的，我的房间只有一个很小的老式风扇，我可以开着风扇在房间里大汗淋漓地锯一天的木头，有的时候甚至热得流鼻血，那我也没放弃过。我利用各种有限的工具拼接起来这些木块，其中小书架的造型还利用锯出的筷子不同的长短形成层次，现在想起来也还是爱那少年时的执拗。

不知道是想追忆，还是试图缅怀，我又尝试用筷子做些简单的花器。每个人决定改变的理由都不同，重要的是试图去做，生活就会更美好。

喝完的酸奶瓶子、可乐瓶、饮料瓶、啤酒瓶，一切曾经你随手就能扔掉的东西，当你积累留存下来后它又有了新的生命，或许还会变成绝佳的花器，也可能形成了自身的排列美，只待你去发现。就如曾经写过的一句心情：拥有一颗朴素淡然的心和一双发现美好的眼是获得理想生活的必要条件。

　　八月的天气热到空气都是滚烫的，我的房间只有一个很小的老式风扇，我可以开着风扇在房间里大汗淋漓地锯一天的木头

傻气女青年——文艺女青年的切换时刻

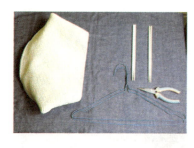

日式轻生活收纳桶

|准备物品|

材料：编织袋、衣架、筷子、麻绳

|制作步骤|

1、用麻绳量编织袋口径周长，用此长度去量衣架长度，衣架是干洗店洗完衣服自带的那种。

2、将衣架撑开，周长与编织袋周长相同，分别在编织袋底部和顶部套一个撑开的衣架。

3、将筷子的端头用美工刀开一个口，成"Y"字型，开口一侧撑在上面的衣架上，用麻绳固定。

4、四周的四个角再用麻绳固定。

5、完成一个可以放置杂物、园艺工具的收纳桶了。

Sarah McLachlan *Angle*

相框里的美好

"我一个人揣着300块就上了小川西环线，我以为只要钱够坐车就可以了"

搬家是一个可以让你找到很多尘封的记忆的过程，也许你一直找不到的一本书会突然出现，前男友送的项链会从某个柜子的最下层冒出来，猴年马月买的一瓶香水或旅游纪念品也会自己钻出来，各种曾经找不到的玩意儿都会被翻出来。也许某些旧物让你觉得自己矫情，比如失恋时写下的一些话，但必定是让你珍视那些差点被你忘记的时光的。

书柜里压着一小本相册，上面蒙着厚厚的灰尘，侧边还有些磨损。这个相册实在简陋，一看就是冲洗店赠送的那种，未翻开之前我也实在不记得这是一本什么相册了，难道是初中毕业时候拍的照片么？打开一看，里面只有 5 张照片，有些模糊，完全没有对准焦，第一张是我戴个帽子站在几个小喇嘛中间，笑得特别开心。

17岁一个人说走就走的旅行

去年今天的这个时候我在做什么已然不记得了，照片里十年前的这个时候我却清楚地记得。高考结束的暑假，我整个人有种要飞起来的感觉，我一个人揣着300块就上了小川西环线。我还记得那时的自己连个像样的大旅行包都没有，不过感觉也没有什么可带的。我当时以为只要钱够坐车就可以了，什么路上有没有变态之类的问题全然没有想过，只觉得世界上都是好人，我爸嘴上说他太忙没时间管我随我自己去，可我知道他心里一定还是挺担心我的。先从成都坐大巴翻过二郎山到康定，一到二郎山就冷得把毛衣穿上了，车窗外满是云雾，穿过二郎山隧道一下子就仿佛从云雾走到蓝天中，一转眼已是高原的景色了。从小就听康定情歌里唱"跑马溜溜的山上，一朵溜溜的云哟；端端溜溜的照在康定溜溜的城哟；月亮弯弯，康定溜溜的城哟"，还没有进入康定城就看见许多飘扬的经幡，岩壁上硕大的经文和佛像

已经让你感受到它的不同。康定是彩色的也是热情的，藏式建筑的色彩运用十分丰富，而僧侣、藏家人的一切都让 17 岁第一次出远门的我感到新奇。大巴上认识了三位姐姐，大概二十七八岁的样子，很健谈也十分友好，因为在二郎山隧道堵车，所以到达康定时已经是晚上八九点了，三个姐姐见我是一个人也觉得我是个有意思的人，于是让我跟她们同行，就这样我找到了组织。

那年美好的夏天

我们在木格措玩儿了一天后到了新都桥，也许现在的新都桥让人失望，会让人觉得"摄影家的天堂"这个称号名不副实，可十年前的新都桥的确将我深深打动。草地、牧场、牦牛、远处的雪山、道旁水边叶色微黄的杨树，阳光把雪山照得透亮，好像蓝天里镶嵌的一颗宝石。路上的车辆很少，偶尔一辆车开过去，落叶在干净的沥青路上飘卷一番最终落下。空气干燥但极其清爽，没有灰尘的味道，更别提什么 PM2.5。路上间隔很远才有一处人家，石头垒砌的藏式碉楼，院子里自然生长的格桑花和大丽花争相斗艳，有时候会窜出一个拿着旧皮球玩耍的孩子，好像哪里都是他们的游乐场，一个辫子及腰的的老阿婆嗓门响亮地叫着小孙子的名字，脸上的皱纹深刻清晰地诉说着她在这个与世无争的地方一生的勤劳。晚上我们住在一家民宿，没有热水，自来水都是从地下抽出的雪水，冷得刺骨，同行的姐姐直接捧来喝了一口，好甜。我们四个坐在门口的草坡上看星星，这是我从小到十七岁看过的最美的天空，也是多年来留在我心中记忆最深的星空，深蓝色的天幕下满是大大

　　我们四个坐在门口的草坡上看星星，这是我从小到十七岁看过的最美的
天空，也是多年来留在我心中记忆最深的星空。

小小的闪亮的星星，还能清晰地看见北斗七星，我以前只在书本上看到说如一个汤勺的形状，亲眼见到原来真是个勺子，天与人似乎没有了距离，放佛伸手就能抓到一大把星星玩。那一刻，我的愿望是未来找一个喜欢的人和我一起再来看一次星星。

最后我们从新都桥一路转到了塔公草原，塔公在藏语里的意思是"菩萨喜欢的地方"，每年这里会举办盛大的赛马会，一望无际的草原上养成了热情的康巴汉子。

塔公寺是康巴地区藏族朝圣地之一，远处的雅拉雪山更是藏区四大神山之一。塔公寺在草原的中间，规模宏大，红墙金顶在太阳下闪闪发光。那时候我还没有数码相机，借了亲戚的一个很破旧的胶卷相机，塔公寺门口有一群小喇嘛，十二三岁的样子，皮肤黝黑健康，笑容灿烂和塔公的天气一样，我觉得他们的装扮形象十分有特点，就怯怯地询问可否跟他们拍几张照片，他们特别爽快地答应了，我就带着一顶帽子站在小喇嘛中间脸都笑开了花。临行，小喇嘛让我一定要给他们寄照片，我点头答应，答应了这一群可爱的朋友。最终我揣着最后仅有的 5 块钱平安到了家，照片拿去相馆洗了出来，虽然有些模糊，但依然可以看见明媚的蓝天和我们不忧不惧、满怀简单的笑容。可是我却不知道怎样才能将照片寄给小喇嘛，那个时候我们都没有手机，他们也还没有网络，直到今天，我始终觉得欠了这些朋友一个承诺。每当看到相框里这些怀旧的照片我就想起那美好的夏天。

"特别是有阳光洒进窗户的时候，我会因为这光与生活的结合而心生一种欢喜"

　　大学时开始喜欢上拍照，记得上班第一年自己买了单反，没事就喜欢拿出来到处拍。我也很爱惜，沾上一点灰都会小心地拿刷子刷掉再擦拭干净，周末或者假期会约上几个有相同爱好的朋友找地方练手，后来热情劲儿过了，拿出相机的时间越来越少，留下的影像也变得屈指可数。有时候也热衷于帮助爱美的朋友们拍照，看她们都很喜欢我拍的照片时也会有不小的成就感。有人说成天在微博、微信上发自拍照的人一种是刷存在感、一种是过于自恋，但几年后回头看曾经的自己也是一种喜悦，我就常常遗憾日常拍的照片太少。生活需要有回忆，这个回忆是留给匆匆时光里的自己的最好礼物。

　　现在慢慢开始爱上记录家里的一点一滴，特别是有阳光洒进窗户的时候，我会因为这光与生活的结合而心生一种欢喜。

　　常常觉得镜头永远也拍不出眼睛看到的美好，生活啊，是需要用眼用心来看一辈子的，而生活每一天都千变万化，不如多记录一些吧。

　　相框的作用不仅仅是框住我们的笑容，定格最珍贵的一瞬间，也可以是留住一份有生命力的惊喜。

傻气女青年——文艺女青年的切换时刻

萌萌哒 MINI 多肉相框

Ι 准备物品 Ι

1、相框

2、多肉植物

3、镊子

4、水苔

Ι 制作步骤 Ι

1、将干水苔放入清水中浸泡10分钟，待其充分吸收水分，再将多余水分挤干至80%；

2、多肉脱盆，用1中准备好的半干的水苔包裹住多肉植物的根系；

3、相框中先放入一些半干的水苔，再将包裹好根系的植物放进相框，并用水苔将放入的植物周围固定，按照这个步骤逐步栽植完所有的多肉，形成饱满的画面感；

4、搭配一些装饰物，比如贝壳、海螺，或者雪花、羽毛等，发挥你的想象力吧。

小皮《老歌手》

再不相聚就老了

"味道指引着一个人回家的方向，是爱在身体和记忆中最直接的反应"

我是个不擅社交的人，总的来说比较宅，话也不太多，不太懂得如何和人迅速打好关系，常常不晓得怎么找话题，怎么滔滔不绝，怎么幽默有趣。也许在朋友里我更适合做一个聆听者，不是完全没有想法，但又不会淹没你倾述的欲望，还信得过。所以即便我是一个似乎有些呆的人，朋友还挺多的。

现在时常相聚的朋友大多相识于大学或者少年时期，这也许是因为在日常工作中我还是不太擅长吐露心声而与人深交的缘故吧。大学可以说是我人生中最欢乐的阶段之一，也是使我从一个极其内向的小朋友变为一个爱笑爱分享的大朋友的过程。真的时常感慨那是一段用言语说不完的时光。

　　很多人今天的变化是在昨天或者遥远的过去所不敢想象的，比如我一个学习园林的同学因为热爱传统文化，喜欢医学，经过毕业后八年的学习、再深造、实践，现在成为了一名中医。我去找他看病，发现找他的病人可不少，很多病人说自己是听某某说大夫你挺不错，吃了药很有效果，慕名而来的。待我见到他，打趣说他们知道你是学园林的吗，植物医生吧，把活人当草木医治。他笑而不语。我还有一个朋友，大学时给我拍了不少照片，也就是那个时候我才认识了单反相机这个玩意儿，我特别羡慕他有那么好的相机，他说那是他边上学边在影楼打了一年工自己挣的。

　　我们学校在一个古朴的四线旅游城市，用山清水秀形容不为过，我至今深爱那个城市，没有高楼大厦，都是些很低矮的房子，有一些旧街，街上还是木制的砖瓦房。每周会有集市，街边有背着背篓叫卖叮叮糖的老人。有一条叫西街的地方，很窄的道路，大约只有 2 米宽，两侧全是市井人家的老院子，门板基本是木条的那种，家家户户的门口会摆若干旧花盆，里面的植物似乎不用刻意去照料也会长得很茂盛，有的人家门口还有正在晾晒的小老虎鞋，那一定是家里有可爱宝贝的。这里上了年纪的人比较多，年轻人大都搬到了新居，不愿意住这种因临河而湿气很重的老平房。就是在这个地方我第一次拍了有点儿文艺范儿的照片，照片上的我很清瘦，长头发，眼神里充满无知和对未知的探求。因为地震，这里的房子有些受损，后来再来的时候，大部分的街市已经改造，成为了一处景点，老院子变成了商铺，变成了卖小杂货的、旅游纪念品的和小咖啡馆……大学毕业，曾经给我拍照的朋友辗转去了广告公司、影楼、杂志社，都是拿着相机的，他从来没有放下过，现在的他在摄影圈子里也有些名气，有了自己的工作室，常花上一两个月去国外深度行走。

　　我也有些大朋友，自己和他们的相识的方式有时我都觉得莫名其妙，比如有一位我可以叫叔叔的朋友，好吧，暂时叫他叔叔吧，依稀记得当年是通过 QQ 空间结识的。他已年过四十却至今未婚，可能是太有才的缘故，文艺男青年的通病就是想太多，这也是我一直坚持不选择文艺男的理由。我们相隔很远却每隔一两年会在过年探亲时如网友见面般在某个咖啡厅聊天，有时我去叔叔的城市出差也会约他吃饭，聊很多工作、生活的话题。

有时候觉得朋友的相识是神奇的，不知道缘起于何时，也不是与每一个朋友都会常常相聚。有的朋友可以相隔很远，平常不怎么联系，但永远不会忘记，关键时候绝对给力。有的朋友常常在一个城市，很近，常常相聚，甚至亲近得觉得他家和我家没什么区别。

现在聚会不再喜欢在馆子吃很油的东西，不再追求新奇，追求环境。喜欢约知心的友人到家里来，炒三五个小菜，饭后泡壶清茶聊聊天，分享生活的小乐趣小智慧。就像有一天我的好友给我发的微信里说的，希望我们不仅仅是朋友更像家人，她常说以后我们要是有机会回大理修小院儿了，她爸爸就来帮忙监工，包吃住就行，她爸特想发挥余热。是的，在长久的相聚相处中，我们已经熟悉得如同家人，不仅分享好的，也承担坏的。

简单相聚让情谊在无形中更加牢固，朋友之间、亲人之间、爱人之间无非就是你来我往地交付真心。和小鱼儿认识二十年了吧，大学毕业后大家各奔东西，我在成都她去了杭州，一年到头也不一定见得上一面，她一年也不过回来两三次探望父母，春节大家走亲访友，有时候还没来得及和同学朋友

见面就已经走了。人常说距离远了关系就会淡，也许并非如此，少年时建立的情谊往往简单，更加熟悉彼此未经社会雕磨之前的真性情，而那种坦率的友情和简单的交往愉悦是难以被替代的。

　　小学的时候她又黑又胖，我又黑又瘦，我们都喜欢吃学校门口的蛋烘糕，我爱吃果酱馅的，她爱吃大头菜馅的；夏天我们在路边小摊吃凉面，她知道我不喜欢吃葱花，我知道她一定要多放些花椒；吃火锅，她知道我喜欢多放醋，我知道她不爱吃蒜……亲近的人相隔千万里你也熟悉她的味觉。她在江浙常吃不到四川的辣椒，我总会给她寄去豆瓣酱和老干妈，她说有辣才有味儿，她爱吃蟹，江浙吃蟹的方法甚多，蟹的鲜甜她是喜欢的，可她又是无辣不欢的。工作第二年的国庆节她回成都看父母，我约了她来我租住的房子吃饭，买了她喜欢的蟹，当时的我跟她说这是我家宴里最奢侈的一顿呢，她大笑说我太抠门儿，那次我按照水煮肉片的方式给她做了麻辣水煮蟹，她一个劲儿地说好吃得停不下来，嚷嚷着终于有她喜欢的麻辣味儿了。后来每次她从杭州回来，总是提前跟我说要准备这道菜和一点小酒，她说和好朋友一起吃喜欢的菜，把自己喝得半熏是人生一大乐事。

味道指引着一个人回家的方向，是爱在身体和记忆中最直接的反应。

我很感激我生命里的这些朋友，友谊给了我无数的支持。在今后的日子里，不论风雨，我都愿有简单饭菜，能与朋友常常相聚。

傻气女青年——文艺女青年的切换时刻

飘香大闸蟹

| 准备物品 |

主料：大闸蟹

辅料：白酒、豆瓣酱、干辣椒、花椒、葱、姜、蒜、八角、桂皮、香叶、精盐、白糖

| 制作步骤 |

1、用牙刷仔细刷干净蟹身，将一小碗白酒倒入盛放大闸蟹的盆子中，闷上 20 分钟，解开绳子下锅时，蟹们就乖乖听话了。

2、姜蒜切片、大葱切成段，豆瓣、干辣椒、花椒备用。

3、锅中油烧热，倒入（2），炒出香味，加约 500 毫升水。

4、放入大闸蟹，大火烧开煮约 20 分钟。

5、鲜香麻辣的大闸蟹出锅。

马頔《南山南》

美味厨房

"每一个幸福的时刻也许都来得特别平常,没有什么比这些触手可及的小日子来得更加真实的了"

露露的家在大学校园的一角。成都的春夏之交很是闷热,空气里满满是容易令人焦急的分子。我穿过一条长长的林荫道,走过一片校园内的人工湖,湖边有不少学生情侣,甜蜜得像小女孩儿手中的棒棒糖,有散步的老人提着鸟笼,晃晃悠悠,好像日子本该这么过,湖边一圈柳树,枝条已经长的差点垂到水面,再拐了个弯儿,眼前一片宁静的老校舍,其中就是她的家了,院儿里有大片的榕树和桂花,绿成一片,走在树下,心里顿生几分安逸。

她住在三楼,她开窗探出脑袋在张望我,不施粉黛,简简单单,穿着居家的衣服,柔软的棉质,颜色淡雅,

正如枝头的桂花。

这个时间她正在给四岁的女儿梳理头发，招呼我坐下一起吃早饭，她女儿冲我笑，眼睛弯成一条线，干净得像水中明月。我和她的女儿之前见过一面，这是第二次见面，一点不怕生，像个小大人一样坐在椅子上享受着和妈妈的早晨，还招呼我"阿姨，阿姨，你去那边坐。"

几个月前露露辞掉了工作，开始将更多的时间花在陪伴家人、做自己喜欢的事上。她笑说这是追梦。烘焙是她的爱好，也是每天给家人最好的礼物，早餐是一天中开启美好的一餐，所以要丰盛而营养，因此她会准备自己做的面包。

我在等待她的间隙，看着她小家里的一切，觉得美好又真实，绿色的墙面，棕色的布艺沙发，有摆放孩子玩具的小天地，角落里是许许多多的照片，有和丈夫两个人去旅行的，孩子出世的，无一例外都是让人感到幸福的。我站在厨房门边看她做饭，厨房不大，站两个人刚好，三个人会有些拥挤，光线充沛。她很珍惜这个空间，碎花的小抹布、白色的油盐罐、摆放整齐的量勺……散落在阳光半映的每个角落。

她女儿跑进厨房指着台面上摆放着的东西，"我知道这是什么，这是鸡蛋，这个是面粉，这是称重的，这是白糖，白糖是甜的……"一副正经给我

介绍的样子。发酵后的面团呈淡淡的金黄色，蓬松、有气泡，手感柔软，揉面时女儿跑到她面前要求分一个小面团给她，小孩子喜欢将一切柔软的东西变成橡皮泥，一会儿功夫，捏了两个小动物出来。

　　"有时候觉得自己脾气挺急，看到孩子做的不好又不愿意承认自己错误，或者要赖的时候，忍不住没跟她好好讲就发脾气，有时候想想也许是自己许多方面没有很好的以身作则，父母是孩子最好的榜样，所以也常常会反思自己是不是做的不够好，希望能够做好自己再去爱她，自己也要和她一起成长啊。"她看着客厅里认真揉面团的女儿说道。爱是一种复杂的情绪，特别是对于自己的孩子，有时候会过分投入，有时候又会过分严苛，每个妈妈似乎都是一个摸着石头过河的湿脚路人，她的身体在与水流接触中学习如何与水流共处，又如何与它对抗，引导它还是保持自己。也许每个做了母亲的女人都自然而然地多了份沉静温润的感受，多了份谦卑学习的心。

　　我们生命里每一个幸福的时刻也许都来得特别平常，比如和孩子牵着手在榕树下散步，和她一起揉面做点心，认真收拾敞亮的厨房，一顿有家人有笑语的晚餐。没有什么比这些触手可及的小日子来得更加真实的了。

"等下次，等有时间……等来等去，很多事情一等等成了永远，想做的事情要赶紧去做"

　　周末，她女儿所在的幼儿园举行义卖活动，每个小朋友需要想办法把自己的二手货卖出去，她让女儿自己思考要卖什么东西以及怎样才能把东西卖出去。女儿似乎对周末的活动很期待，收拾了好几样她想要和小朋友交换的玩具。她女儿说："我生日时妈妈给我做了草莓生日蛋糕，我妈妈做的蛋糕好好吃的，草莓也好好吃的。妈妈做的面包也好好吃，饼干也好好吃，哈哈，我就是喜欢吃妈妈做的点心，小朋友也会喜欢吃的。"于是她和女儿一起决定做饼干，她准备了漂亮的透明袋，饼干是和女儿一起完成的，各式各样的形状，女儿对自己的成果满意又开心。

　　她和丈夫在楼顶的花园里用木箱、泡沫箱种了不少时令蔬菜，豇豆、番茄、茄子、白菜，应有尽有。石榴已经挂上了果，茄子藏在叶片深处，刚摘下来的小南瓜新鲜的很，还带着皮上的霜，她女儿双手抱起南瓜笑呵呵的。

喜欢健康的食材，喜欢待在厨房做自己心仪的糕点，就是生活赐予的莫大的享受了。如今，她即将开始自己的法式甜品学习之路。

　　某天看到她的微信："等下次，等有时间，等不忙了，等有机会，等将来……等来等去，等没了激情，等没了选择，你无法预知未来，很多事情也许一等就成了永远，想做的事情要赶紧去做。"

　　想想真是，光阴走得太快，就怕等白了头。

茄子　　　　　南瓜　　　　　葱　　　　　小菜

傻气女青年——文艺女青年的切换时刻

蓝莓奶酥面包

| 准备物品 |

面包食材：高精面粉 500g、牛奶 250ml、酵母 8g、砂糖 3 勺、黄油 80g、鸡蛋 2 个、蓝莓

奶酥食材：黄油 25g、玉米粉 80g、糖粉 15g

| 制作步骤 |

1、黄油加牛奶加热至融化，加入面粉、鸡蛋、酵母、砂糖揉均匀。

2、面包机和面 40 分钟，取出，盖上保鲜膜、毛巾等待发酵。

3、将发酵好的面团切成小块，揉成圆形面团，放置在烤盘内。

4、在每个小圆团上用勺子按压一个坑。

5、将蓝莓洗净，用厨房纸擦干，放置在面团小坑内，用鸡蛋液涂抹完成的面包表面。

6、把软化的黄油混合糖粉和玉米粉做成奶酥，冰箱里冷冻半小时，取出，分至成碎渣，撒在面包上方。

7、烤箱预热200度，烤20分钟左右，直至表面逐渐金黄，然后出炉。

Corrinne May *Fly Away*

可爱的邻居们

"每一次的分享与收获同样重要，分享让我们更快乐"

小时候我住在一个单位大院儿里，两排整齐的小平房中间隔着一大片大叶女贞树林。每到夏天，大叶女贞树会掉落成片的黑褐色浆果，踩上去可以把鞋弄的黑乎乎，它的味道很好闻，我们叫它小苹果，叶子和果子揉碎了都有苹果的清香。结果的这段时间，麻雀特别多，整个树林上方都是叽叽喳喳的小鸟，它们在树枝上跳来跳去，人走在树林下面常常被白色的鸟屎砸中。

我家平房门口有棵很大的桂花树，秋天它开花的香味会吸引整个院儿里的邻居，他们喜欢搜集一些花回家做桂花酒。这里也是孩子们的天堂，孩子们喜欢爬树，恰巧这棵桂花十分粗壮，分枝点也比较低，年

纪很小的孩子也能爬到第一个大枝桠，所以每个放学后的傍晚都可以见到一大群孩子吊在树丫上，乐不可支。暑热难耐的夏天，邻居们会端着藤编小板凳聚集到桂花树下，一边扇着蒲扇一边聊天，各式各样的绵绸裙子五彩斑斓很是漂亮，孩子们疯跑着捉蜻蜓，偶尔也会捉到屁颠虫，这是一种绿色会飞的小虫，通身是油亮的绿还有幻彩，不经意间它会放个臭屁让你猝不及防。

张奶奶

我奶奶在院子里有个好朋友，就叫她张奶奶吧，张奶奶是个孤寡老人，没有子女，比我奶奶年轻几岁，住在单位院子里最角落最小的平房里，没有什么生活来源，一直靠低保过日子，过年过节会有单位送来一些米面表示慰问。张奶奶家砌的灶上用蜂窝煤做饭，我很喜欢吃灶上烧出来的锅巴，张奶奶每次做饭都会给我做些锅巴当小零食。她有个侄儿常常过来看望她，侄儿是做体力活的，饭量惊人，吃面能吃脸盆大一碗，小时候的我觉得不可思议，

那盆都有我两个脑袋大了，我也会用盆吃饭，吃不完就耍赖。家里有些吃的用的我奶奶也会拿一些给张奶奶，帮衬着她过日子。后来我们搬到了新楼房里去住，我奶奶还是会每天提个小板凳去张奶奶的小平房前聊天，张奶奶后来因病去世了，比我奶奶早走了十年，她离世以后我奶奶依然常常念叨她。

小县城里的邻里关系似乎更容易建立，地方不大，大家也都是相处多年的老邻居，转来转去好像都有认识的熟人。现在在大城市里买了房子却常常很久也碰不到自己的邻居，一栋电梯公寓三十层，上百户住户，一个小区上千人，每个人都来自不同的地方，工作在不同的单位，偶尔上下电梯时会遇到一个人，也不熟悉，这已经和儿时单位大院的生活全然不同。

胖子店主

小区年轻人多，也容易交流，大家建了 N 个 QQ 群，什么业主群、运动群、宠物群，还常常约着活动，然后发现有意思的人有很多。小区里一邻居开了一家社区书店，有一天我和飞飞打算去一探究竟，还没进门就被里面热闹的聊天欢笑声打动，胖子店主乐呵呵地说这些屌丝天天来他这儿聊天也不点饮料。胖子那儿的书不算多，但选的精良又文艺，我总能找到喜欢的。飞飞喜欢钓鱼，有时候钓太多我们也吃不了，微信群里一吆喝免费送野生鱼，会有一大拨人主动认领，胖子店主每次都会来拿一条，然后送我们些书店里的明信片。

胖子书店
圣诞节活动

分享李子的阿姨

我一个阿姨，她家花园里有棵李子树，每年都会结几十斤的李子。每到李子成熟的季节就通知我去她家认领，我到她家后就发现桌子上摆着几十袋用保鲜袋分装好的李子，每个袋子上面贴一个白色小纸条标好名字，"小雪""霏霏""汪姐""刘姐"……，邻居们都能在收获季得到阿姨分享的李子。阿姨楼上的李阿姨擅长阳台种菜，有番茄、茄子，给阿姨送了三个番茄两个茄子，阿姨说她都舍不得吃，因为长得太好，番茄红得特别润泽，又没有农药化肥，阿姨说她只舍得生吃，这样才能把邻居馈赠的最好的味道保留下来。

每一次的分享与收获同样重要，分享让我们更快乐。

Kate Rusby *The Old Man*

我们的纪念日

"爱情是值得两个人一生藏在心底怀念的情意"

5月30日是我们的结婚纪念日。

你是个浪漫的人，反倒是我常常木讷粗心又无辜的样子。今年五月的天气不像往常阳光普照、风和日丽，一直都是阴晴不定，和这样的天气相反的是我们稳定而坚实的情感。回望走过的路，不长，却充满了简单的幸福，从相识、相知，到走入婚姻的过程中有过争吵、负气，更多的还是平实的欢声笑语，应该说我们都还算得上是性格不错的人，但我依然庆幸遇见这样一个足够包容我的人。

爱情是值得两个人一生藏在心底怀念的情意，从牵手到一路陪伴，我们彼此支持，生活教会了我们很多小道理，我们慢慢学会珍惜，学会成为一家人，学

会共同承担悲欢喜忧。

　　结婚纪念日，我们并没有选择两个人吃一顿浪漫的晚餐，而是将这份美好和身边的朋友一起分享，和两三好友在夜色朦胧中露天餐厅聚会，很是开心。我相信于幸福的人而言，每一天都可以是纪念日。

"不知道当时是不是一时冲动结婚的，但可以肯定的是如果再来一次我还是会紧紧抱住你"

　　平凡人的平凡生活里，也会充满惊喜，比如求婚对我来说就是这么一个惊喜。很多女孩子都对浪漫求婚的桥段十分憧憬，而现实生活中，基本上都是大家在一起，到了觉得可以结婚的阶段，或者彼此熟悉到亲人一般，商量好了就把结婚证领了。我曾经看到情侣在大庭广众下求婚，常常在想如果那个女孩儿当时还没想好或者根本就不想嫁给这个男人呢，是不是因为大家的眼睛都看着她，是不是男孩儿的用心她就一定答应，如果她拒绝或者暂时没有接过戒指，那是否又是一场尴尬万分的局面。那时候还想如果以后另一半在闹市或者太多路人面前跟我求婚，我肯定会拒绝他，因为太傻了。不过还好，我的求婚没有在这样的场合，否则我想我也会给他个下马威。其实大部分时候我从未想过求婚这个桥段，我想当我真的要走入婚姻，领取那个红本的时候，也许就是想好要嫁给这个人了。

　　你向我求婚，是我预料之外的，也是我全然不知的。那天早上起床你让我穿得漂亮一点，拿了一件淡绿的裙子问我要不要穿，我说今天又不干嘛我又不和谁去约会，干嘛要穿漂亮。我顺手拿起前一天穿过的衣裤，说才穿了一天没必要换了，就这样那天我穿了一件灰扑扑的 T 恤和普通的棉质裤子。下午好友打电话约我一起晚餐，说他有好事要庆祝一下，我还一个劲儿为他高兴，撺掇着要胡吃海喝一顿，就这样我稀里糊涂地被带到了一家餐厅，我还对朋友说你要加班就不来吃饭了。当我走上餐厅户外转角的楼梯时，莫名其妙地响起了音乐，一个接一个拿着手绘画的朋友走出来，画面上是我们相识到恋爱的过程，我一直开心地笑着，脸笑成了花儿，最后出场的你拿出戒指，那一刻我脑子真的有点空白，被欢喜占据，其实我真的不清楚我是不是该接住戒指，于是稀里糊涂地接过戒指。朋友们都说以为我会感动地哭，没想到我这个女汉子一直傻乎乎地笑。这个形式也许是当年嘴巴上不屑的，但过程真是让人感到幸福和回味的，至今不知道当时是不是一时冲动结婚的，但可以肯定的是如果再来一次我还是会紧紧拥住你。

幸福就是和相爱的人吃每一顿晚饭
你要吃什么？
"我就喜欢吃土豆"

　　谢谢你给我带来这美好的记忆，我希望有一天我们老得掉牙时仍然可以将这份欢喜在心中翻阅。

　　谢谢你在我要脾气的时候哄着我，让我总是生不起气，并且突然笑出来。

　　谢谢你偶尔对我的唠叨，让我尽力改掉一些沉积千年的坏毛病。

　　虽然我们都有太多缺点，但谢谢我们成为彼此的依靠。

　　从每天晚上回家开始准备晚餐，在猫眼里逗乐的表情，一边吃饭一边聊一天中有趣的事情，或者随心所欲想到的话题，电视机的声音似乎也变成了一种有韵律的背景音乐，我只爱做大厨而不爱洗碗，我们分工有序，你总会跟我周旋很久才肯干这差事，可不一会儿你又哼着小曲儿开始洗了。

　　我常常觉得幸福就是和相爱的人吃每一顿晚饭。"你想吃什么？""我就喜欢吃土豆。""那我们在家做火锅吧，什么都有。""昨天还有些剩饭，可以炒个蛋炒饭。"这些只是平常一天里晚饭前的对话，大多数时候脑子里

早就会想好要做什么菜，不过也有漫无目的的时候，也许只是煮一碗什么也没有的白面，也能有盐有味。

六月的一天，我胃疼得厉害，蜷缩在家没有上班，下午身体逐渐好转，想着其实这也是难得清闲的一天，好好做一顿晚餐，也就是最治愈的一种方式了。去超市兴冲冲地买了牛排、蘑菇什么的，路过花店一时兴起买了束鲜花。由于没有经验，牛排老得可以用斧子来分，鲜花装点的餐桌却格外动人。这并不是完美的晚餐，也并非某个刻意的纪念日，但每一顿简单却有点小心思的晚餐不就是我们每一个平常人的幸福么。

常常想春去秋来，若干年后老得两鬓斑白的我们也许就这样听着新闻联播逗着嘴吃着晚饭，平平淡淡的。

小柯《稳稳的幸福》

一天始从平淡日子感受快乐

看到了明明白白的远方

我要的幸福

我要稳稳的幸福

能抵挡末日的残酷

在不安的深夜

能有个归宿

我要稳稳的幸福

能用双手去碰触

每次伸手入怀中

有你的温度

······

——《稳稳的幸福》

我们一起大笑看看，可怕的东西就会跑光光了

独享私密小时光

Chapter
Two

生活从来不是外在的形式，
精致典雅的生活，是一种品质，
我只想抓住每一天对生活的美好体验，
去好好打造这质感的生活，属于我的生活。

请让我浪漫独处

"遇见那个'我'，我会跟她打招呼，叫她一声'小妞'，冲她微笑"

如果想一件奇妙的事来做，我希望穿越时光，遇见过去的自己，帮她搬一次行李，和她聊一次天，或者一起去旅行。

过去的几年我住过好多不同的地方，搬家次数算起来应该有六次，每一次的混乱与忙碌都历历在目，却并不觉得不愉快或者孤独，哪怕住过小到一张床几乎要摆满整个房间的屋子。虽然搬家很麻烦却也带来不一样的生活经历，像一次有点长的旅行。

遇见那个"我"，我会跟她打招呼，叫她一声小妞，冲她微笑。我会很期待她的回应，但没准儿得到的是一个臭脸。

我并不祈望时光倒流，也并不沉湎于过往，我就挺喜欢如小口抿着温开水里有点白糖的滋味的现在。

"一个人独处的时光，那时的我是放肆的，也是最放松的"

在这些回忆里，我看到更多的是一个人独处的时光，那时的我是放肆的，也是最放松的。在只有一个人的房间里，没人知道女神会不会盘腿抠脚丫，男神是不是一个月集中洗一次袜子，你可以哭到精神崩溃般地赏析韩剧，也可以吃着自己亲手做的黑暗料理加班写报告。独处就是这么肆意而愉快。

不论是合租的时光里伴随着房间门外室友稀里哗啦的拖鞋声，还是真正拥有了完全属于自己的独处空间，我都很享受给自己一个独处的空间，可以听些喜欢的音乐，在阳光明媚的日子买一束勿忘我或者小雏菊插在陶罐里，打扫一番，追个剧或看本书。

一直很想养条狗，但觉得房子不大，它会孤独。我始终觉得都市里的小动物是孤独的，没有很多的自由，没有太多可以自由奔跑的天地，没有太多左右陪伴的小伙伴，不能每天跳到水里去游泳然后再晒晒太阳，也许是我杞人忧天了吧，或许它们从来没这么想过，只是没心没肺地过着每一天，吃饱喝足后向主人索要拥抱。但我如果以后去大理生活，一定会养狗的，而且要养两条狗，一条金毛或者拉布拉多，一条小泰迪，我喜欢黑色，最好两只狗都是黑乎乎的一团。

"那种快乐，仅仅是因为做自己"

阳台上的迷迭香和薄荷长得茂盛极了，香草不算好养，要阳光又要水分，就像女人们，要浪漫也要温暖。朋友从远方给我寄来了今夏新开的玫瑰和我喜欢的滇红。喜欢这种有香气又温润淡甜的味道，有阳光，有成长，有自由。

在一个人的空间里可以喝着花茶，兴致来了就把所有的裙子试个遍，哪怕现在是寒冷的冬天，我裹着厚厚的棉服在电脑前画图。有时候喜欢喝点小酒，特别是晚上，橘色的台灯下面似乎有些鬼魅，那是微醺了。只消在睡前床头上放盏精油喷雾，就能保证一夜的安眠。

喜欢周末，不是因为不上班，而是因为喜欢待在自己的房间里盖着厚厚的棉被，直到被阳光照到后背，伸个懒腰，再来点儿起床气，又接着把被子的一角盖住眼睛。赖床，真的是一件很爽的事情。

现在最爱待在自己的书房，我在那里养了很多植物，都长得不错，在这里只做我喜欢的事情。

越来越喜欢质地精良且柔软的面料，穿给自己的一定要舒服。

独处的世界里有宁静、宽广和喜悦，有任性、肆意和自我。那种快乐，仅仅只是因为做自己。

程璧《春分的夜》

专属的味道

"把买来的冬草莓拆开，甜美的香气扑面而来，这让我想起五月的阳台上的小草莓"

两个素不相识的人可以从彼此的穿着和味道来了解对方。人类感官中，嗅觉是最敏感的，它同记忆和情感联系最密切。事实上，嗅觉记忆的准确度比视觉高一倍。每一天，我们都通过味道体会着这个世界。

柠檬、橘子、黄瓜、草莓、咖啡、烈酒……你几乎不用睁眼就能分辨。四季里的每一天都是有味的。十月，整个天都是昏黄的，下了两周的雨，空气中充满发霉的味道，如同某种思绪，低落得无处安放。十一月，我又来到了阳光明媚的地方，把霉味晒了个干净，秋天的银杏金黄落满了城，我闻到了阳光。十二月，冷空气让我不能动弹，又到新的一年了，空

气中有这一年中的懊悔、欣喜，和新生的味道。2014 要过完了，我才恍然一年过得这么快。把买来的冬草莓拆开，甜美的香气扑面而来，这让我想起五月的阳台上的小草莓。

我一直难忘你头发里的余香。你不是绝对意义上的美女，却极其懂得如何运用香氛，你的味道让人难忘，这就是 K 小姐。她从来不靠浓烈的让人反感的香出位，她可以在一呼一吸间，在转身侧头的瞬间让你为她倾慕。这样的女人是杀伤力极强的，她说味道让你习惯并时常温习。

有一天假如我们都瞎了
所有感情都只好寄放在气味之中
这是我住过的地方
这是我家人朋友情人的气味
永远忠实
……
——《曾经》

每个人都有自己习惯的味道，植根与记忆中最隐秘的
位置"

冬日的暖阳可以将人融化掉，阳光打在身上，暖暖的，像被幸福包围。遇到这样的天气，我会将被子清洗出来晾晒到楼顶的露台。晒干的被子会有一股阳光的味道，我特别爱盖存着阳光味儿的被子，它能驱赶身体和心里的严寒。电暖炉已经起了一层灰，拿出来擦拭，干毛巾一弹，灰尘在背景的光线里飞飞扬扬。南方的冬天不好过，潮湿且寒冷，还没有暖气，但我依然不爱烤暖炉，不过人多的时候围炉而坐倒是幸福的事情。

记得奶奶还在世的时候，一到冬天，便早早地打开暖炉。奶奶眼睛白内障，常常看不清楚炉子的位置，衣服上甚至因为炉子的温度太高烤出过小洞。冬天她嫌水果冰凉，也不爱吃，我便拿了橘子给她放在炉子边上烤，橘子的香味在温度上升间慢慢散发出来。奶奶眼睛看不见，闻见香味，就说这是橘子呀，给我剥一半吃。小时候最喜欢在厨房守着奶奶做饭，奶奶大约从那时眼睛已经逐渐看不见，却永远都是十分勤劳认真的样子，切土豆丝一定是切得根根分明，奶奶的厨房里没有山珍海味和名贵佳肴，可每日的饭菜香味总能让我远远辨出。每天在楼下玩耍，闻见那熟悉的饭菜香味，还不等奶奶叫我便知道要回家吃饭了。奶奶已经去世多年，冬天里的烤橘子香味和厨房里的饭菜香是我嗅觉记忆里无法被抹去的部分，暖阳里思念被这味道点燃。

案头的香薰灯里我常年放着甜橙、丝柏、佛手柑精油，为帮助睡眠。我一向喜欢柑橘类的香味，有阳光的香甜。人生中第一次买的香水是 kenzo 的爱慕，那香气让人仿佛游走于一场爱恋芬芳之旅。

每个人都有自己习惯的味道，植根于记忆中最隐秘的位置。

今天晚上的星星很少

不知道它们跑那去了

赤裸裸的天空

星星多寂廖

我以为伤心可以很少

我以为我能过的很好

谁知道一想你

思念苦无药

无处可逃

想念你的笑

想念你的外套

想念你白色袜子

和身上的味道

我想念你的吻

和手指淡淡烟草味道

记忆中曾被爱的味道

……

——《味道》

巧手香薰家

找到属于你的味道

精油（如何使用）

薰衣草精油

薰衣草的味道总是让你觉得生活就是慢调子，让你脱下外表的铁甲钢盔，露出柔软的内心。除此之外，薰衣草还有安定情绪、促进细胞再生、帮助睡眠、杀菌驱虫的功效。

茉莉精油

茉莉是属于初夏的味道，清淡而不浮夸，清新而不媚俗。能平衡荷尔蒙，改善皮肤干燥、老化，对抑郁症有所帮助，还能增强自信心。

甜橙精油

香香甜甜的味道让你满心愉悦，能驱赶紧张情绪和压力导致的失眠，对感冒也有很好的帮助。

鼠尾草精油

鼠尾草的花香味有水果一般的甜香，它的花语是热爱家庭。它对创伤、暗疮、溃疡、伤口愈合等都有很明显的效果。

薰衣草 | 鼠尾草

薄荷精油

是不是一闻到薄荷味儿、一嚼薄荷口香糖就有一种提神的感觉？薄荷有振奋精神、提高注意力、消除疲劳的作用。

佛手柑精油

柑橘类水果的味道都会让人感到开心和放松。它对治疗发炎、感染等有很好的作用，还可以改善肠胃功能，对消化不良有明显的帮助。

依兰精油

依兰又名香水树，印度尼西亚人会在新婚夫妇的床上洒满依兰花瓣，因为依兰有催情的作用。可以调节荷尔蒙，调节生殖系统，还可以让头发更加有光泽。

玫瑰精油

玫瑰从来都是浪漫、爱情、女人娇媚的象征。它能促进血液循环，提升女人对自我的认识和自信积极的一面，能够滋润皮肤，使皮肤红润有光泽。

桂花精油

桂花的香气是恬静而温润的，像一个知性的甜心女人。有净化空气，提升情绪、减缓生理疼痛的功效。

洋甘菊精油

我始终觉得洋甘菊的味道像橡皮擦呢，呵呵。洋甘菊有舒缓精神的作

月季 | 玫瑰

用，常被用在各种药品和化妆品中，它能够改善肠胃功能，舒缓压力情绪。

檀香精油

檀香来自檀木，木头的味道和花草不同，温润而有力。能增加免疫力，提升淋巴排毒能力，排除身体累积的毒素。

丝柏精油

针叶类植物总有一种傲然于风雪的姿态，在严寒贫瘠环境中也能生存，必定也能给你带来坚强的启示。可以调节油脂分泌、收缩毛孔，改善易怒等不良情绪。

西村由纪江《Moon River》

我是处女座

"有一种'被黑',叫处女座"

处女座表示很孤独,有一种孤独叫做:十二星座都是正常人类,而我是处女座。

说起来,黑处女座的段子可以编辑成一本字典,逼死处女座的手法可以完爆满清十大酷刑。从生理上、心理上、不讲理上,三百六十度无死角地让处处们切腹自尽。

"处女座绝对是十二星座里最伟大的一个星座,它让很多原本不相信星座决定性格的人都开始相信星座了。"

"今天早上觉得印堂发黑,面色惨淡,才发现原来尼玛23号了。#一个神奇的星座开始了#。"

"计划生育政策可以加一条:第一胎生处女座的

允许生第二胎。"

"最近好多人都在黑处女座，我要为她们平反，她们除了讨人厌以外，根本就没有其他缺点了好吧！"

"不要再黑处女座了好吗！也有一些处女座人很好的，我就认识一个盆友，他英俊潇洒、风度翩翩、温柔体贴、待人和蔼……什么你说他是当年为了够上学的年龄，把生日往前改了几个月？算了，你当我没说。"

……

作为一个处女座，我必须站出来说说公道话，这绝不是王婆卖瓜自卖自夸。首先，不管经历多少风霜雨雪、人世变迁，尼玛至今我真的还是不明白为什么大家要黑处女座啊，泪奔。我们是活在自我的世界里内心强大到爆。毫无疑问，我们绝对是天生的完美主义，连 QQ 聊天都注重标点符号的正确性，最讨厌聊天没有标点，不清晰断句的人。希望任何一个文件都干净整洁，装订时最好是右上方四十五度角，喜欢有设计感的物品。我有极强的强迫症，可乐在冰箱里必须放置在某个固定的位置，放置的东西必须按照某种数字排

列。某闺蜜送了我一个银质手环，因为环比较小，我又担心掰开后合拢不能达到如初的百分之百正圆效果，故我始终没有带到手上来……好了，说了这些以后我自己都有点讨厌自己了。

"希望上帝赐予我一棵神奇的能量树，请灭掉星座这个东东吧"

但又突然想到一句话：未来的世界是属于偏执狂的世界。无论从科技行业里大名鼎鼎的苹果，还是到我从事的房地产行业对产品的精细化和突破性要求，都让我臆想这是个无比适合处女座发光发热的时代。我只能说服自己不够成功是还不够偏执罢了。感觉又要被另外十一个星座用唾沫淹死了，可是处女座会跳起来义正言辞地说："你们可以逼我死，但请让我庄重地死去，不要把那脏兮兮的唾沫沾到我身上！"

　　拿起手机认真地翻了一遍通讯录，发现我的朋友圈儿里居然几乎没有处女座的朋友，突然感恩朋友们对我的包容，鄙视自己对同类的不包容。

　　每次逛书店总会在台版书、日版书以及各种欧美原版设计书籍之间，我会特别兴奋地跟飞飞说这些书真的特别漂亮，飞飞问我："你看的懂吗？"我答："我语言很差，我看不懂。"飞飞问："你关注了内容吗？"我说："我字都看不懂我怎么知道内容！"这是一个处女座与一个摩羯座的对话，处女座就是矫情又外貌主义的，摩羯座的确是务实又认真的。

　　处女座是特较真儿的，也是十分能坚持的。比如在种植植物这事儿上，我一直能坚持并保持热情，相信每一种植物都是一个完整的生命，要对这个生命负责任。讲得好伟大的样子，其实我只是想弱弱地说处处们有很多优点，有超强的责任心，在古代做镖头应该不错。

　　新的一年里，我有个愿望，希望上帝赐予我一棵神奇的能量树，消灭掉星座这个东东吧。

十二星座开运花卉

白羊座 Virgo (21/3- 20/4)

开运植物：鹤望兰

白羊座积极热烈、爱憎分明、内心火热。鹤望兰又名天堂鸟，是追逐自由、幸福的代表，花型美丽又特立独行，有火热的能量，能够给予白羊更加积极的能量。

金牛座 Taurus (21/4-20/5)

开运植物：雏菊

金牛座稳健、踏实、可靠，他们的爱也许不是轰轰烈烈，却一定稳健而务实。小雏菊不耀眼却让你感到亲切、安稳，守护者你们的爱情。

双子座 Gemini (21/5-2 0/6)

开运植物：郁金香

多才多艺的双子座，个性开朗，机灵活泼。郁金香的花语是聪明、能干、博爱，而且郁金香也展现出高贵、美丽、极富吸引力的一面。

巨蟹座 Cancer (21/6-22 /7)

开运植物：康乃馨

康乃馨温和含蓄，给人以温暖安全之感，和个性保守、恋家的巨蟹座一样。康乃馨的花语是宽容、温馨的祝福、来自母亲的爱。可以增加巨蟹座居住环境的福气，展现与人相处的亲和力。

狮子座 Leo (23/7-23/8)

开运植物：仙人球

仙人球气质大度，具有王者之风，它不仅是权力的象征，其花语为坚强、将爱情进行到底，因此还具有提升爱情运的力量。仙人球散发出一股狮子般的强大生命力和霸气，为王者风范的狮子座带来充足的自信和力量。

处女座 Virgo (24/8-23/9)

开运植物：樱花

樱花是日本的国花，如日本器物一样精致、绚烂。樱花的花语是纯洁、高尚，和处女座一样一丝不苟。可以带给处女座良好的健康运，提升工作能力，并增加个人魅力。

天秤座 Libra (2 4/9-23/10)

开运植物：蝴蝶兰

蝴蝶兰大方、优雅，仿佛天生带着某种有艺术感的灵性，也是很多画家、摄影师喜欢的题材，它的花语是相信幸福。可以帮助感情丰富又有理想主义情结的天秤座增加稳定性、亲和力，有助于提升爱情运。

天蝎座 Scorpio (24/10-22/11)

开运植物：凤梨

精力充沛，神秘感十足的天蝎座喜欢挑战自己，有着旺盛的生命力和敏锐的洞察力，但疑心很重，容易把极强的第六感用在猜忌上面，也不允许爱情里的不完美。凤梨的花语是完美无缺。凤梨能够使人感到热情、充满魅力，具有提升运气的力量。

射手座 Sagittarius (2 3/11-20/12)

开运植物：非洲菊

非洲菊的花语是永远快乐，它的花朵给人一种大气热情的印象，正如同射手座乐观、积极、喜欢自由的性格，对射手座有提升财运和运势的力量。

摩羯座 Capricorn (2 1/12-20/1)

开运植物：腊梅

腊梅在寒冷至极的环境里寂静开放，对环境的适应性很强，象征着坚忍和责任，它的花语是独特的美丽、理智的心。它赋予摩羯座沉着理性的判断力，并能增强其个人魅力。

水瓶座 Aquarius (21/1-19/2)

开运植物：白掌

白掌清新脱俗，与水瓶座充满智慧与博爱精神、崇尚自由的特征不谋而合。它的花语是一帆风顺。具有解除身心束缚的功能，让水瓶座在各种事务中都能游刃有余地自由发挥。

双鱼座 Pisces (20/2-2 0/3)

开运植物：桔梗

双鱼座的人充满幻想，浪漫、温柔，散发着一种脱俗的魅力，他们把爱情看得很重，桔梗的花语是真诚不变的爱，能帮助双鱼座提升爱情里的魅力。

程璧《姑娘在路上》

藏在日记本里的秘密

"他心想，我真的没有和你开玩笑，我是认真的，我真的喜欢你，刘伊伊"

"喂，你会常常和我联系吗？"

"我干嘛要常常和你联系啊！"

"喂，好歹我们一起三年的同桌吧，我还教会你五子棋呢……"

"呵呵，开玩笑啦，以后我们可以在网上联络啊。"

"好吧。"

"走吧，抓紧时间拍照呢，别愣着。"

咔嚓，这一刻定格，伊儿笑得很甜，站在旁边的猴子似乎心不在焉，眼神好像也不是对着镜头而是斜眼对着伊儿的。猴子是个很有趣的男生，总会有各种各样恶作剧般的主意。人很清瘦，一副营养不良的样子。伊儿是个姑娘，是年级里不少男生暗恋的对象。

　　今天是高三的毕业典礼，在嘈杂的人群中，猴子总想找一些机会对伊儿说些什么。大家都拿到了录取通知书，伊儿考上了成都的一个二本学校，猴子则收到了重庆的一个专科学校的录取书。他心里很纠结，不打算去重庆，想复读，明年再考伊儿的学校，他想如果不能在同一个学校，在同一个城市也是好的。

　　晚上同学们约好了去吃火锅，疯狂地告别这压抑已久的三年。吃饭时有人提议玩真心话大冒险，这让气氛突然从很多人想哭变得欢乐起来，猴子赶紧凑到伊儿旁边去，挤开别的同学，一屁股在条凳的窄缝里坐下，旁边的女生抛来不屑的眼神。猴子心想，如果玩儿什么暧昧的游戏，比如嘴巴撕纸之类的，那他就可以最亲近地接触伊儿了。

　　大强见势也立马将位置挪到了伊儿旁边，谁叫她是许多男生心中一直暗恋的女孩呢。两个男生暗藏着竞争，谁也看不惯谁的样子。伊儿有些尴尬，却又不能直接拒绝，就这样被夹在了中间。

开始玩儿游戏，轮到猴子了，他选大冒险，突然他对着整个火锅店大声嘶吼："刘伊伊，我喜欢你，做我女朋友好吗！"同学们大笑起来，起哄似的一拥而上，火锅店快打烊了，除了这桌儿已经没有什么客人，店里的服务员也关注起来，有人在偷偷笑，想看结果。伊儿脸涨得通红，离开位置往厕所方向走去，气氛尴尬起来，猴子有些慌张，他是极其在乎伊儿的，他很怕她不开心，觉得自己做的有些不妥，连忙半开玩笑似的道歉。

"你怎么这么小气呢，我们现在不是在玩儿游戏吗？"

"你何必说我呢？"

"开玩笑啊，我和你熟。"

"对不起，我和你不熟。"伊儿赌气起来。

猴子有些语塞，想尽力缓解这种不愉快的气氛。

"我还可以对王媛媛说呢，我马上说。"

"王媛媛，我喜欢你！"猴子大吼了一声，但却有些底气不足。

"你能下次不拿我们女生开涮了吗？"伊儿有些气呼呼，但模样却很可爱。

"好吧，好吧，我下次不开玩笑了，行了吧。"

　　大家又落座，刚才的事情仿佛烟消云散，又开心地玩起了其他的游戏。只有猴子心里很不是滋味儿，他心想，我真的没有和你开玩笑，我说的都是认真的，我真的喜欢你，刘伊伊。

　　这段内心独白恐怕只有猴子自己知道了。

　　第二天，猴子跑到伊儿家楼下，他想说对不起，不应该当着那么多人的面，用一种玩笑似的口吻说出自己真实的渴求，他想要再次尝试一遍，用低调又真诚的方式。

　　他拿着准备好的礼物在伊儿家楼下的院子里走来走去，心里有期望、有忐忑、有少年的憧憬，也有惴惴不安，害怕这样说破以后连朋友都做不成，以后没有了她的消息，在那一瞬间，他想了很多种可能。

　　伊儿家住7楼，他站在楼下是看不清她的家里是否有人活动的。想了很久，他的勇气似乎在渐渐消退，他不敢直接面对她。但他还是想在各自奔天涯之际留一份礼物以及自己的念想。他羞羞怯怯地上楼，有些战战兢兢，生怕谁看见他，他终于到了7楼伊儿家门口，心里又再次斗争了一遍，最终还是决定将礼物留在门口，自己转身离开。

　　我不知道后来怎样，猴子没对我说太多，大概是无疾而终吧。

　　但我知道他的礼物是一本牛皮纸的笔记本，封面很素雅很清新。他在内页压了很多树叶书签，都是他自己做的。他说他最喜欢和伊儿搭档做卫生，他们总是被安排扫教学楼前有许多落叶树环绕的坝子，叶子多得总是扫也扫不完，特别是秋天，可是到冬天就可以稍稍偷懒了，他笑笑，说每次最喜欢边扫地边偷偷转过身去看一旁劳动的伊儿，她总是特别认真的样子，有时候会抱怨两句或者督促猴子认真劳动，猴子觉得这样的时光好开心，每当这个时候他就希望这个坝子可以再大一点，树叶可以落得再多一点，那么他们在一起劳动的时间就更长了。

　　猴子的故事讲完了，你是不是也想起了你的猴子或者伊儿？也许青春的悸动不是在于完美收官，而是在于遗憾定格。

傻气女青年——文艺女青年的切换时刻

四季叶画

| 准备物品 |

材料：树叶、花瓣、树枝、其他装饰物

工具：胶水、剪刀、铅笔

| 制作步骤 |

1、内部有一定空间距离的相框可以做立体式的标本画，没有空间背板直接与玻璃贴紧的，可发挥创意做图画和叶片的组合。

2、树叶捡回家后压在书内页 1-2 周，直至其干燥、成形。

3、构思好图案，用铅笔大概定一下粘贴的位置，平面的，可以画一个小画再与树叶结合，随意画什么都可以组合。立体的画面感可以利用立体的装饰物，比如蝴蝶冰箱贴等，与植物结合。

4、粘上胶水，按照构思好的大胆实施即可。

Amy Diamond *Heartbeats*

最重要的事是好好爱自己

"不知道是不是因为我特别期胎待遇见你，遇见那个更好的自己"

亲爱的小 Q：

现在是公元 2015 年冬天，今天出奇的冷，早上还出了太阳，下午便冷得哆嗦。终于开了空调，喝了两杯热腾腾的咖啡。寒冷的时候喝咖啡有奇效，舌尖萦绕着某种未知的温暖，让你不惧寒冷。不知道你现在在做什么，是否也跟我一样围着厚厚的围巾，你那里的天气好吗？是蓝天吗？可以穿着长裙奔跑吗？今年我开始写作，开始思考三十岁以后要过怎样的生活，开始想是不是要找个阳光明媚的地方生两个孩子。今年我开始通过有机农场预定蔬菜，开始关注瓜果的生长成熟过程，开始关注健康。我的面容似乎变得更加平和，眼睛里也似乎多了一点温柔的光芒，不知道是

不是因为我特别期待遇见你，遇见那个更好的自己。

说真的，我有点儿怕老，怕长皱纹，怕皮肤松弛，怕体力下降，怕记忆力减退，每天我都要在镜子前站好久，呵呵，是的，是挺臭美的，但真的会仔细看眼睛下面是不是长了第一道细纹，发现左眼下面出现了几道干纹，赶紧网购了一堆各种功效的眼霜和面膜，还办了健身房的卡，但一年也没去到五次。好多朋友说开始吃葡萄籽、维生素、辅酶Q10等各种乱七八糟你数都数不过来、见都没见过的丸子了，我也考虑是不是也应该吃些维生素。

"天真好像依然围绕着我，我真的希望一辈子都能像孩子一样傻乐，永远对世界上的一切未知充满好奇，永远可以带着探索的眼光在大自然中寻寻觅觅"

我觉得自己挺年轻的，但从年龄上来说好像也确实不小了，不是奔三了，是马上一脚要跨过去奔四了。别这么说，日子过得太快了，还没有搞明白很多事情呢。看着工作场上的不少合作伙伴可能跟自己年纪差不多，却总觉得别人多成熟啊，好像明白世事很早，看的清楚，精通人情，咋总觉得自己比别人笨许多的样子，都不大懂怎么拍领导马屁，还是每天认认真真做好自己的事情。不过我觉得庆幸的是，我挺喜欢自己的工作的，去年我报了个学英语的班儿，五至八个人上的小课，有一堂课来的人特别多，最齐的一次，八

个人，课堂主题是关于自己的职业，老师问你们喜欢自己的工作吗，喜欢的举手。举手的只有我和另外一个女孩儿，另外六个同学都表示对自己当前的工作感到不愉快不喜欢没前途不热爱，我突然觉得诧异，原来那么多人对于自己每天三分之一时间里干的事情那么不满意。那又是什么还让他们坚持在不满意中不愿意离开呢？老师又问你们觉得什么样的工作才是好工作，自己喜欢的呢。大家说钱多的、时间自由的、不加班的、可以去很多地方旅行的、福利好的……大家说了好多，多得可以堆成小山，哎，我懒得想，想不了那么多，反正高不高兴都是自己说了算。

　　天真好像依然围绕着我，我真的希望一辈子都能像孩子一样傻乐，永远对世界上的一切未知充满好奇，永远可以带着探索的眼光在大自然中寻寻觅觅。看见夏天葱花上的蜜蜂都会欣喜，秋天叶子变黄落满城的时候，就去郊游，再采集一片片装成一幅画。我愿保持一颗善良的心，帮助他人。我相信这个世界有真诚，每次路过街边乞讨的老人我都会丢下几块钱，也许他们是骗子，只是佯装的穷苦，也许这只是一种职业，他们白天穿着破烂的衣服乞讨，端着饭碗儿上班，晚上换上得体的衣服上馆子里吃饭，也许吧，但你没亲眼看见怎么就能肯定呢？一把年纪风烛残年了都还在乞讨，哪怕他是骗子也是一种悲哀，如果不是骗子那几块钱也许能换来他和孙子一顿晚餐吧。别把人都当好人，但也别把人都想得太坏了。

"永远要记得你是为自己闪耀的，为自己美丽的"

做个真实的自己，敢于做勇敢的自己，不轻易随波逐流，懂得思考与辨别，一定要多看书，不管是哪个方面的，多些见识和知识总是好的。不能再老看娱乐八卦了，得关注财经和事实，让自己变得丰富而不单薄，积极工作，也许没有太多的钱，但一定不能太少，得积攒到足以让你到处走走看看世界。也许每年只能去一个地方，但十年就有十个地方了。要学会穿得漂亮得体还要有自己的风格，舒适于我已经是不可替代的感觉，还要有足以支付一些突如其来的麻烦的钱。要记得懂生活，并时刻刷新生活理想。

还记得每一次失恋的时候吗？再也不能哭得那么撕心裂肺了。还记得你多难堪吗？在网吧的电脑前用完两包卫生纸擦眼泪，旁边打游戏的人都侧目，不知道这个女孩儿是被人骗了还是遇见了多大的困难，或者根本就是个神经病。第二天整个人肿得像个包子，眼睛也无法睁开，极丑，太丑了，真的太丑了，永远要记得你是为自己闪耀的，为自己美丽的。你失落、自暴自弃、暴躁的时候一点都不美丽，像极了市井里端着痰盂与人吵架的妇人，你会生病，身体变得很差，吃很多药，爸妈每次见着都以为你工作多么辛苦，老板对你多么不好，都不知道其实是在为哪个人渣惆怅呢。哭多了会长你最讨厌

的皱纹，眼睛里的光芒会黯淡下去，擦再多的眼霜也没用。还哭吗？真傻。

第一次见到J，就被这个文弱女孩儿脚背上的蝎子纹身吸引，好酷。我一直想纹身，自己设计图案，可是总怕被别人说是坏女孩儿，或者在长辈、上司的眼中留

下不好的印象，一直不敢，大学时候想等
工作以后爸妈不管我了就纹，工作以后想
找了男朋友结婚以后就可以了，后来想着
等生了孩子随便想纹啥都行……这样想到
死了也不会做吧。

"还有好多事情要做，都怕来不及，好好爱自己吧，没
什么比这更重要了"

小 Q，跟你说了好多话，口渴了，喝杯水，润润喉咙，接着聊。

你有什么梦想吗？反正我有好多梦想，想环球旅行，想一辈子和飞飞幸
福着，想建个海边的院子，挺多的。想想先从明天不再睡懒觉开始，坚持跑
步锻炼，开车注意安全，健康平安才是抓得着又与每一天息息相关的呢。记
得爸爸癌症住院时，跟他在花园散步，他说后悔这辈子没有去很多地方旅行，
后悔一生太匆忙，忙工作，忙家庭，忙挣钱，终于有钱有时间了，也生病了。
常年往返于医院和家里，抽血、化验、B超、X光，各种检查，各种仪器，
各种乱七八糟的病痛，在医院里都见着了。

医院真是个浓缩的小社会，有次隔壁病房来了个四十多岁的秃顶男人，
也是癌症，住院后一下午大约有二三十个人来看望，同房的病人说是个大官
儿吧，来看他的人都带了好厚的红包。隔壁床的老阿姨让老伴儿去看看热闹，
但又一副不屑的样子，心想着不就是个当官儿的吗，然后又使唤老伴儿去医
院后面的巷子给她买水果。老爷爷性格特别好，对老阿姨的要求从来都一一

满足，买完水果上来后就赶紧洗了一个、削了一个摆在老阿姨的床头，老阿姨一副不买账的样子，又说要吃瓜子，老爷爷还没来得及歇息一分钟又匆忙下去买瓜子。老爷爷很消瘦，又是三伏天，白色的汗衫背心都是斑驳的汗渍，同病房的病友劝说老阿姨别每天这样使唤老爷爷，让老爷爷也休息一下。病人家属都懂得辛苦，都知晓彼此的不容易，所以也格外地惺惺相惜。老阿姨对病友的劝说总是一副不放在眼里的样子，也不爱搭理别人和参与聊天，和大家的关系并不算融洽，老爷爷有时和大家多聊几句也会被老阿姨制止。一天医生查房，跟老阿姨说病情不理想，让她别治疗了，回家休息，医生走后老阿姨不像平常一样不停使唤老爷爷做这做那了，一个人窝在被子里哭，老爷爷还是那般老实木讷地坐在床边，搂着被子里小声哭泣的老阿姨，我看见老爷爷眼睛里隐约闪现的泪光，一手扶着老伴儿，一手悄悄地用发黄的汗衫擦了擦眼睛。他就这样静静地搂着，时间好像静止。

不管你当多大的官儿，挣多少大钱，一辈子多风光，在医院里都一样。我常常跟飞飞说，老了我要比你先死，我一定得比你先死，你得让着我，不能和我争。因为人都说在生命的最后，谁先走，谁有福气。

我有这么多的梦想，怎么就说到死了呢。还有好多事情要做，都怕来不及，好好爱自己吧，没什么比这更重要了。

糊小Q

2015 年冬

糊小Q的安睡宝

1、睡前洗个热水澡，泡个热水脚，喝一杯热牛奶，听一些轻音乐或者流水声、鸟鸣声。

2、做点简易的运动，让身体的僵硬、紧张得到舒缓。

3、强力推荐 MUJI 的香薰灯，有加湿功效，放入助眠精油，清香满屋。

4、薰衣草有改善睡眠、帮助快速入眠的功效、舒缓神经的作用，将薰衣草籽放入小布袋放在床头可帮助睡眠。

5、食用核桃、瓜子、松子、芝麻等坚果类食物对神经衰弱、健忘、失眠等有很好的帮助。

程璧《我喜爱一切不彻底的事物》

一天中最爱的晨光

"早起的半个小时可是一天中最清醒、最悠然的时光呢"

　　有时候觉得自己是个患有超级拖延症的人，早上闹钟响了按下5次以上，变换10种以上姿势才会起床，这种时候总是眼睛眯着、头发凌乱、浑身无力的样子，问我什么都说不知道，恨不得窗帘永远是关闭的、每天是周末。路边随意买一个管他有没有营养的早餐，在车上、地铁上、公交上、一切可能的地方杂夹着不知道多少个品种早点的味儿，这是我的很多个早晨的生活内容，也许也是你的很多个早晨的内容。

　　我试图改变，我很希望在清晨望向窗外，雾色迷蒙，安静得只听见树上的鸟儿叽叽喳喳。不急不慢地喝上一杯温水，再来点儿蜂蜜，准备可口又营养的点心，一份水果，坐在餐桌上耐心地吃完.

　　人总是容易在惰性和理性之间挣扎，有时好似特别懒惰，依然不能顺利早起，也没有尽职尽责地照料植物，夏天太热，水分蒸发很快，不过一周的时间兔脚蕨、白掌、常春藤就出现了干枯的黄叶，想奋力补救，却发现这如同人心，若是伤了就需要好长的时间来疗伤，甚至老死不相往来。

　　想太多没用，做到了才是实际。

　　我开始把闹钟提前半小时，并且在心里反复默念着告诉自己坚持早起，当内心坚定要改变的时候其实一切变得无比轻松，我逐渐发现早起的半个小时可是一天中最清醒、最悠然的时光呢。

　　给植物浇水、喂小鱼吃食、慢条斯理地擦面霜、听一点音乐，把日子过得慢一点。

一年又将尽，日子过得太快，对于将来常常都不敢想，不知道怎么就糊里糊涂地把一年度过。这一年究竟做了些什么，去过哪里，看了哪些有趣的事情，认识了什么有趣的人，回忆起来有些模糊了身影，有些却累积成了经历。每到写年终工作总结的时候，好像只能梳理出这一年的工作节点，而每每自我进行总结的时候却总感思绪阻塞。总结一件件完成的事情好似比较容易的，因为足够理性而直接，总结人很难，人的变化、进步很难用言语去理性地梳理出个一二三四点。

　　"城市里的奋斗者你永远不孤独，因为每一个早晨有亿万人和你一起奔走在路上"

　　新年的第一缕阳光穿过白色纱帘，耀眼变得柔和。我喜欢素色的窗帘和

百叶，不琐碎。还在半梦半醒中，接到电话，"Q，新年快乐！"是老徐打来的，"我在鼓浪屿，太阳刚刚冒出来，给身边的朋友们道一声新年快乐，你那边太阳一会儿也出来了，快起来看新年的第一轮太阳吧。"电话那头传来一群男男女女欢呼的声音，我掀开窗帘，还是灰蒙蒙的一片，但是我已经可以想象鼓浪屿的太阳。

　　第一次看日出还是初中的时候和哥哥在峨眉山的金顶上，早晨5点半的金顶只有微微的天光、寒冷刺骨的风和层层云雾。暑假时算是四川最闷热的时候，山上却凉爽得需要穿上入秋的衣服，等待看日出的这个时间更是得披上把整个人包裹住的军大衣。很多人会慕名来到金顶看日出，传说能看到日出的人和佛有缘，所以没有人敢懈怠。6点的金顶已经陆陆续续有不少人到达，大家都找了面朝东方的位置，静静等候。我一直踱着小步哈着冷气，像冬天晨练前的准备活动。慢慢地平线的位置出现一道橘色的微光，在深蓝的天空之下，白色的云雾之上，你看得到太阳的移动，逐渐上升，越发明亮，将天空的深蓝减淡，云雾已拢不住那耀眼的光芒，金色洒满全身，金色的殿宇和佛像也闪烁出似乎可以穿透一切的光芒。我许了个愿，祝自己学习顺利，奶奶身体健康。

　　第二次看日出已经是在十几年后，洱海四宝叔的铁皮船上。7点钟的洱海只有水浪击打岸边的声音，寒冷却清新让人舒服的空气里，我蜷缩着身子穿上救生衣跳上摇摇晃晃的船。洱海的日出真是足足比金顶的日出晚上一个小时，7点半才逐渐看到有一团橙光从山后漫延开来，远处正好有一对开始出海打渔的夫妇，晨光将他们的身影变幻成剪影，这景象给人以安宁和踏实。水天之间，时光穿越浮云，投射成水面的波光粼粼，好似讲了个悠长的故事。风花雪月大抵我已经在这转瞬间悟到。

不知道下一次看日出是在哪里，风景在心情面前已经不重要。常常我们谈理想、谈未来、谈人生，却总是走不出虚妄的玻璃罩。城市里的奋斗者你永远不孤独，因为每一个早晨有亿万人和你一起奔走在路上，梦一定要有，不如从这个清晨开始。

雨的气息是回家的小路

路上有我追着你的脚步

旧相片保存着昨天的温度

你抱着我就像温暖的大树

雨下了走好路

这句话我记住

风再大吹不走嘱咐

雨过了就有路

像那年看日出

你牵着我穿过了雾

教我看希望就在黑夜的尽处

哭过的眼看岁月更清楚

想一个人闪着泪光是一种幸福

……

——《陪我看日出》

班得瑞《清晨》

一个人的味蕾时光

"有时候，我会一个人逛街、一个人看电影、一个人去一家喜欢的餐厅点喜欢吃的菜、一个人在家做点好吃的犒劳自己"

朋友常常会说觉得一个人吃饭、一个人看电影、一个人看演唱会，好傻。有时候，我会一个人逛街、一个人看电影、一个人去一家喜欢的餐厅点喜欢吃的菜、一个人在家做点好吃的犒劳自己。我觉得一点儿也不傻，一点儿也不会不自然，反而挺享受这种状态，我可不是一个缺乏朋友的人，而是觉得一个人随心所欲的状态挺好的。

可以肯定的是，我是个吃货，而且特别喜欢吃肉，正在减肥的朋友每次跟我吃饭都会忘记他是个正在努力减肥的胖子。他说看我吃肉有种忘我的感觉，我的好胃口也会影响到身边的人，我常常跟努力减肥的胖

哥说：做人嘛，最重要的是开心，吃饭嘛，最重要的还是开心。不管怎么说我是个吃不胖的瘦子，于是必定多了一些美好。

早上被穿透窗帘的阳光叫醒。在成都，阳光是一种稀缺的资源，特别是冬天。仿佛今年的这个冬天特别幸运，每个周末似乎都可以这样被叫醒。美好的阳光每每为我带来一整天的好心情。

起床后，脑子里盘算的第一件事儿是我要吃什么。即使头发很凌乱，意识很模糊，也不能阻挡我先烧一壶温水。喝一杯温水唤醒整个身体，排掉毒素。四片土司加蓝莓酱，一个橙子，一杯速溶咖啡，没有手作咖啡，速溶也一样能让内心优雅。咖啡的热气升腾在冬天里，把杯子捧在手里分外温暖。阳光照在餐桌上的玫瑰上，花影映在土司上面。橙子很冷却很甜，小区外面的大马路上车还不多，从窗子望出去还能看见远处的丘陵。

坐在窗前晒太阳，懒懒地拿一本杂志，石斛开了花，是温柔的粉色。

菜市场是我钟情的地方，看着琳琅满目、青红黄绿的蔬果，在精心挑选中感到一种满足。

午餐是简单快捷的，中西结合，西红柿炒蛋意大利面，在煮好的意面淋上红黄相间的西红柿炒蛋，热气腾腾，筷子转一圈儿裹上一戳面，嗖嗖地入口。

　　我住在遥远的城外，有时候为了想吃一家喜欢的意面，会驱车一个小时吃到了再回来，这是属于一个人的舒服，可以不考虑旁人的意见或者路途的远近，只在乎此时你的味蕾的情绪。

　　西餐厅在一所大学外边，我喜欢将车停在学校的梧桐道边。树荫罩住整个道路，梧桐在这里应该生长了几十年了，两侧的树冠几乎长得接在一起，像个拱门。阳光洒在脸上，微风吹起鬓角。把围巾紧了紧。冬天的太阳不会炙热得让人眼睛无法睁开，仅仅是温暖。一个人慢慢走在梧桐道上，不说话，也不四处张望，像个腼腆的小女孩。

　　二楼靠窗的位置上，正好能看见路上的车水马龙，又不会被外面的行人打扰。最后的甜品是我喜欢的熔岩巧克力，能温暖一个人的心。

要珍惜与自己独处的每一刻，这是一种自我欣赏

我曾经认识一个画画的女孩子，长头发，话很少，冷冷的，安静极了。她说她喜欢一个人在画室里喝茶，从温杯到泡茶的每一个过程，都可以是安安静静的没有人打扰，不用招呼他人或谈不相干的话题，只关注于这杯茶。

晚上在家做一顿可口的晚餐无疑是暖心的，一个人吃不了太多，但也不能做的太简单，可以每一个菜少一点，但一定要舒服自在。这种劳动不会为自己增加负担，而是身心的另一种放松方式。晚餐做了红椒炒杏鲍菇、回锅肉、鲫鱼豆腐汤。一荤一素一汤，简单的饮食，喜欢吃辣，炒回锅肉的时候便可多放些辣椒，还要是最正宗的辣味。要珍惜与自己独处的每一刻，这是一种自我欣赏。

看到很多女朋友在恋爱时总会说起那个他喜欢吃什么，他喜欢吃面、他喜欢吃火锅、他喜欢吃清淡的……Z 是个高挑漂亮的女孩儿，不相熟的人见了，

会觉得有几分骄傲，但在爱情里她是个十足的小女人，时刻为对方着想。她总说他上班很忙，便每天早早回家奔向菜市场，买他喜欢吃的菜，只要有时间就会给他煲汤。她喜欢吃榴莲，是个榴莲控，他不爱吃，不喜欢榴莲的味儿，为了迁就他的感受，她便再也不买回家吃了。她喜欢吃麻辣火锅，他不爱吃，他很少迁就陪她去吃。口味不一样并不会影响两个人在一起，但一个人始终迁就另一个人是一件很累的事，爱情里面谁也不比谁聪明，一样笨，一样愿意陪你去吃你爱吃的，日子才会生出欢喜。爱情里，一个人容易变成另一个人的依附品，哪怕是味觉。生活之中很重要的一部分时间就是我们每天在一起吃饭的时候，所以亲爱的，千万别忘记了你自己的味蕾之爱。

　　一个人、两个人、三个人或一大家子人，不管你是何种角色，爱你的每一个家人的同时一定要懂得爱自己。不妨给自己一些时间，独自去看场电影，去西餐厅坐个靠窗的位置欣赏风景，犒赏自己的味蕾。

　　听朋友讲日本有一种"饭馆"只卖米饭，各种类别和不同产地的稻米。很多老客人独自进去默默点一碗米饭，一个人细嚼慢咽，仔细品尝稻米里的微微甘甜、柔韧和清香。这是一种对食物尊重的极高境界，但我想这更是对自己的一种反省。安心地吃一碗米饭，会发现米粒有点甜。

手作时光

与味蕾的独处是一种曼妙的情绪。寒冷的天气还有什么比捧在手里热腾腾的奶茶和点心更能暖身又暖心。

暖身奶茶

| 准备物品 |

食材：牛奶、红茶、豆蔻、肉桂、红枣、八角、红糖

| 制作步骤 |

1、将红茶、豆蔻、肉桂、八角、红枣放入水中煮沸，直至茶汤深红。

2、加入比水多一倍的牛奶，小火煮沸，注意牛奶不要漫出。

3、加入适量红糖，搅拌均匀。熄火。

双味情缘

| 准备物品 |

食材：芋头、玫瑰糖、抹茶、
蜂蜜

| 制作步骤 |

1、芋头去皮切成形，圆的、方的、三角形、米老鼠形都 OK。

2、芋头上锅蒸 15 分钟。

3、出锅摆盘，一半放置玫瑰糖，一半放置抹茶，最后淋上少许蜂蜜。

Keren Ann *Not Going Anywhere*

和闺蜜的下午茶

"或许很多很多人的一生都是这么过来的，有无奈、害怕、不甘心，直到最后累了"

"你说我哪里对他不好？"

"你怎么了呀？又干嘛哭啊？"

"他莫名其妙地走了，我打他电话不接，我也找不到他。"

"你们怎么了？"

"最近一直有些不愉快。可是他不能说走就走呀！我一定要把他找回来……"

电话那头是无尽的哭声。

这种对话在我和 A 小姐之间变得越来越频繁，自从她和 K 先生在一起，甜蜜过后总是伴随着像吃饭喝水般平常的争吵。闺蜜，这时候的作用是拿来吐槽，听她倾诉，做情绪垃圾桶。虽然坦白地说，做这个垃

圾桶常常让我感到垃圾已满，请求清空。

　　半个小时后，Ａ小姐又打电话给我，约我出去找个地方坐坐，聊聊天。约在她家附近的星巴克。星巴克的好处是人多而且嘈杂，哪怕她一直哭泣也能被淹没在这种嘈杂中，不必把眼泪憋了又憋。

　　每次吐槽一定从他们认识开始。他们在朋友的婚礼上一见钟情，再见倾心，也许距离产生美，也许陌生让美神秘，然后强烈期望靠近。最初，在彼此的印象里，Ａ小姐皮肤白皙、青春靓丽、言语不多、略微有些羞涩，而Ｋ先生外表英俊、礼貌得体，一切都存在于初见的好感中。她总说"最初我认识他的时候……"最初也许是这世上最让人眷恋的时候，初心最真，初恋最纯，第一次吃蜜最甜，第一次赚钱最爽，第一次遇见他最动心。但世间的一切事物大约都经不起太多的折腾，人折腾多了可以说有经验有历练，可也许他的棱角会被磨平，几十年后他会嘴上挂着"年轻时的我"，然后在得失之间难两全。Ａ小姐是个很敏感的人，具天蝎女的特质，有超强的第六感和福尔摩斯般的嗅觉，多疑是他们难以逃脱的宿命。他对她关心少了，她怀疑他不爱她了，怀疑他跟某个女同事有染。他对她越漠然，她的心就越一惊一乍，她越猜疑越与他争吵。有时候男人与女人处理问题的方式真的是截然不同的，男人用沉默，女人用说不完的言语，男人只是想静静，女人只是期望一个拥抱或一点温柔的回应，要不怎么说男人来自火星女人来自金星呢。

她常常陷入一种纠结，想他到底是不是她要的 Mr Right，她觉得很多方面他不够好，比如生日时没有送她礼物，没有给她浪漫的惊喜，生病了没有陪她去医院，虽然有一份体面的工作但经济上不算有实力不能给她想要的生活……可她又觉得自己的生活里如果离开他，就像突然间少了什么，像做菜没加盐，像可乐里没有冰，像刷牙时牙膏正好用完，像咖啡里不加奶，他已经成为她生活里的一部分，一种习惯。她谈过几次恋爱后，说不想再谈恋爱了，好像跟每个男人都是开始短暂的甜蜜后便有各式各样的问题，然后选择分手，然后继续恋爱，继续分手，周而复始。她说觉得把时间浪费在选择上已经太奢侈了，她觉得跟他在一起也差不多吧，他三十岁出头，处于事业上升期，之前也谈过几个女朋友，应该学会了和女人的相处之道，应该也能很快成家，安定下来。于是不论快不快乐，争不争吵，她都一直在这种不是完全满意，也不舍得放弃的感情中坚持，或许很多很多人的一生都是这么过来的，有无奈、害怕、不甘心，直到最后累了。

"也许有时候她需要的是一个愿意永远默默听她发牢骚的人，需要倾诉便时能陪她喝杯下午茶的人"

每一次相约，A 小姐都会点两杯美式咖啡，不加糖，然后发一通牢骚。看着她上下打架的嘴皮子，我常常在想爱情可以让一个女人光鲜动人，从身体到眼神都散发出无尽的迷人光芒，也可以让一个女人落败得比枯萎的稻草都不如。每一次我会说很多的道理，费力地劝解，但后来我便

只是倾听。生活是自己的，什么样的活法都在自己手里，都在那一眨眼之间的放手和坚持中。

记得还没有和 K 先生在一起时的 A 小姐，也总是约我喝下午茶，那时候她不喝不加糖的美式，她爱喝焦糖玛奇朵，她说那味道温暖又甜蜜。我们会在夏天就约着冬天去某个地方滑雪，她会谈和那时候的 K 先生的暧昧与悸动。某天下午是难得的晴朗天气，我约 A 小姐出来坐坐，"帮你点了杯焦糖玛奇朵"，她却哭了起来，我没有安慰她，只是给她递纸巾擦眼泪。也许有时候她需要的是一个愿意永远默默听她发牢骚的人，在哭泣时愿意接她电话的人，需要倾诉便时能陪她喝杯下午茶的人。

大学寝室的闺蜜们虽然毕业以后就各奔东西，不过四年时间的日夜相处建立起来的感情

让我们情比金坚，我们这群人自称"温桑"，就是不上进的孩子的意思。"温桑"的好处是没心没肺容易乐。大家聚在一起时，总是挖空心思地聊八卦。即便现在一个个都成辣妈了也本性不改，想当年上大学时，每晚必聊 ×× 男生和隔壁寝室的 ×× 女生如何如何，×× 男某天给 ×× 女提水瓶，×× 男那么帅为什么就选择了 ×× 女呢？×× 女为何长得那么毁三观，诸如此类。×× 女生的故事可以从大学延续至今，比如某天热闹起来，会有人来一句，你知道么，×× 女生离婚了，然后继续叽叽喳喳。一壶水果茶，一碟蔓越莓小饼干，就足够"温桑"们聊上半天。八卦可以说是很俗不可耐的，但有时候会是一剂良药，让人莫名开心，我想也只有闺蜜们的下午茶时间是八卦的最正经根据地了。

　　傻姑娘，开心不开心，都要常常和闺蜜一起共享下午茶时光。

傻气女青年——文艺女青年的切换时刻

缤纷果茶

| 准备物品 |

食材：香梨、桂圆、草莓、橘子、枸杞、蜂蜜

| 制作步骤 |

1、水果可按照个人喜好及应季出产自由搭配。

2、香梨切成小半，草莓对半切开，橘子剥成小半、桂圆剥皮。

3、沸水中小火煮 5 分钟。

4、倒入壶中即可。

杨千嬅《姐妹》

融化在唇齿和指间的花香

"春天、夏天、秋天是都是我爱的季节"

冬天是特别漫长的，厚重的羽绒服包裹着身体，活动不便，总觉得笨笨的，户外会冷到只消待一会儿就把鼻子冻得通红。小时候的我每年都会被冻疮困扰，特别是冬去春来的时候，天气逐渐暖和起来，冻疮会痒得难受。春天一来，身子也跟着轻盈起来，植物也苏醒了，可以换盆、施肥了。

樱花是春天里当仁不让的美女，色彩多变，有清雅的白、柔美的粉、浪漫的绯红，都是我喜欢的颜色。卵状的叶子带着细密的锯齿，清晰而分明的叶脉，树冠有些许的飘逸，不开花时也是清清爽爽的样子，令人舒服。开花时，我觉得最美的场景是花瓣伴着春风纷飞，最后洒落在草地上，留下一片片星星点点的粉。

说到此物当然得说到日本，三月的早樱，四月的

晚樱，随风飘落的花瓣将整个春天的美好诠释给人们。我就打算明年和飞飞去日本慢行一趟呢。

最近这些年，在成都四季已经变得特别模糊，春秋两季还没来得及停留多久，就会被霸道的夏冬占据。春天真是特别短暂呢。

夏天对我来说是个好时光，可以穿漂亮裙子，可以吃冰棍，可以玩儿水，还有很多美丽花朵会尽情盛放。当然这也是四季中照顾家里植物最辛苦的一季，因为水分蒸发太快，需水量大的植物需要倍加关注，其他季节一周浇水一次的，这个时候需要两三天甚至每天都要浇水了。有几次不过因为有一周的时间我没有细心照料它们，兔脚蕨、白掌、常春藤就出现了干枯的黄叶，此时想奋力补救，却发现已经晚了。

初夏，阴晴不定，是乱穿衣的好日子，批上一件马卡龙色的针织衫是件不错的选择。某个傍晚，阳台上充满了比马卡龙还香甜的味道，那一定是小草莓冒头了，仔细一看，好几颗红红的小果子点缀在绿叶当中，其间还有白色的小花瓣摇曳着。草莓香甜的滋味让人仿佛置身于童话中的甜点屋。

和小草莓一季的还有热烈的玫瑰，五月是玫瑰花开放的好日子，紫红的颜色，花瓣整齐又不繁复，叶子细长，气味如少女般甜美。我租地的小农场，每年这个时候都会有制作玫瑰糖的亲子活动，让小朋友也来感受大自然的奇妙。

"我的生活中必少不了花朵的陪伴，它们带来的不仅是芬芳的香气，还有芬芳的心情"

本地产的玫瑰量很少，因为光照不充分、雨量太多，香气也会稍弱，所以我买了新鲜的高原玫瑰，现在的物流很是发达，新鲜采摘的花瓣第二天就能收到。玫瑰还是云南的好，那里有充足的阳光。自制一罐红糖玫瑰酱，红糖性温，有健脾暖胃、活血散寒的作用，玫瑰理气解郁、调经止痛。记得曾经有个同事说她的研究生导师告诉她如何搞定女朋友的小秘密，就是每当女朋友生气时就递上一杯馥郁浓香的玫瑰花茶，喝后气顺了也就免了争吵。玫瑰的确是个好东西，红糖玫瑰酱用途也很广，可以做点心的馅料，也可以搭配面包、馒头，还可以直接冲泡饮用，女孩子可以多吃，对皮肤也是很好的。

度过炎夏，立秋以后，天气慢慢凉爽下来，就到我的生日了。我和这个季节的缘分应该说是从出生之日已经结定，甚至名字里也融入了这个美好的时节。今天同事问我是不是桂花要开了？我说应该快了。下班回家，在小区门口便被一阵甜香吸引过去。米白色的小花朵已经在浓密的树叶间点缀开来，

偷偷摘了一支回家插上，香气四溢。桂花，大概是一种寻香而见物的代表了。古往今来，桂花都是一种带有美好寓意的植物，有金玉满堂、富贵吉祥之意，也是文人墨客笔下常常描摹颂扬的对象。中国人爱桂，有中秋之际把酒赏桂、观月团聚的传统，这就是生生不息的情感和文化的传递过程。

而不论哪个季节，我的生活中必少不了花朵的陪伴，它们带来的不仅是芬芳的香气，还有芬芳的心情。

傻气女青年——文艺女青年的切换时刻

玫瑰糖

| 准备物品 |

主料：玫瑰

辅料：红糖

| 制作步骤 |

1、将新鲜玫瑰花瓣洗净、晾晒至水分收干。

2、把干净的花瓣和红糖按照 1:2 的分量放置在大碗中，然后用擀面杖搅拌，使其相互融合。

3、逐步将其放入瓶中，按一层捣过的花瓣再加一层红糖的顺序，放满瓶子的四分之三，最后一层花瓣上面再盖上厚厚的一层红糖。

4、放入密封瓶内，常温储藏 20 天后即可食用，平时可以放在冰箱里。食用时，面包、汤圆、点心会是好的搭配伴侣。

玫瑰醋

| 准备物品 |

主料：玫瑰、米醋

辅料：冰糖

| 制作步骤 |

1、将新鲜玫瑰花瓣洗净、晾晒至水分收干。

2、按一层花瓣一层冰糖的顺序放入瓶中、至瓶子的一半。

3、倒入米醋，直到装满瓶子，但要稍微留一点空隙，避免发酵后产生的气体挤爆瓶子。

4、常温储藏 10-20 天后可以食用，平时可以放置在冰箱内，每次取一小杯再按照 1:10 的比例兑水喝即可。

桂花酒

| 准备物品 |

主料：桂花、白酒

辅料：冰糖

| 制作步骤 |

1、可以在药店或超市买处理好的桂花，因为桂花花朵很小，清洗灰尘是件非常麻烦的事。

2、装满四分之一瓶桂花，铺上适量冰糖，放多少可以根据个人口味调节；

3、最后倒入白酒，装满瓶子，常温储藏一个月后即可食用。

岩井俊二《花的季节》

来杯莫吉托

"我已经一周没出这个屋子了，连窗帘都懒得拉开，好像发霉的自己。"

夏微双手捧着宜家的玻璃杯，抿了一口杯中的温水。她的嘴唇很漂亮，很自然，又带着一股子性感，可惜有些暗淡。她沉默起来，手把水杯握得更紧了，眼睛看着窗帘中间透过的仅有的一点光束。没有化妆，睫毛却依然很长，光线倒影出睫毛的影子在脸上，眼里闪烁着点点泪光。这时候，她刚刚结束了一段恋情。

我调了杯莫吉托给她，我说这里面有点儿酒，又有很多别的味道，你自己尝吧。

"你知道吗？我为了他来到了这个城市，在这个城市里的四年，我一直计划着我们的未来，并且特别努力，我真的真的已经很努力了。"她哭了起来，发丝被泪水粘在了脸上，双颊红得有些落寞。

"大学时我们就在一起，我们说好了毕业不分手，我们也做到了，毕业时我父母在家乡已经为我安排好了一份不错的工作，在一个省级设计院，走了很多关系，拜托了不少人。如果我那时候选择去那里安心工作，可能我现在已经结婚了，但不是嫁给他。那时候他的父母希望他回到他们身边，老有所依，不想儿子在外地，也在他们的城市为他安排了工作，因为父母是铁路系统的，所以给他安排了铁路系统下属的一家道路桥梁公司，也算同学中找的单位比较好的了。

　　"他说他是个孝顺的孩子，他说他爱我，希望我跟他一起去他的城市，他承诺一定好好照顾我，说我们一起努力，过两年买个车，再按揭买个房子，就娶我。我觉得他那个时候是那么真诚，于是我义无反顾地跟着他来到了这里。为了这事儿，和我的父母闹得有些不愉快，我妈对我说，他既然那么喜欢你，为什么他不能跟你到你的城市呢？不也一样可以一起奋斗，过两年结婚么？我跟我妈说，管他去哪儿我都跟着他，你别管我，不就是你走了一些老关系，觉得我不去会得罪些人么，老唠叨什么呀。

　　"那时候我是真不知道我妈是担心我呀，担心我一个人去一个陌生的城市，受欺负了也没有人帮助我，我需要从零开始建立自己的人脉、生活、林林总总的一切，而他不同，那是他的家乡，他的主场。我妈担心他对我不好，我嘴又硬不会说话，她是担心我半夜跑到大街上哭没有地方可以去。可我呢，我那时候太年轻太任性，从来没想那么多。

"我一个女孩儿跟他们一样熬夜，从来不抱怨，我总想着我得努力工作，跟他一起努力"

　　"最初他父母说让我跟他一起回来，他们会帮我介绍工作。当我拒绝了一切 offer，卷起铺盖卷儿真的来了，他们好像也没那么上心地帮我介绍工作这事儿了。我很快租了房子住下来，本来是想跟他在一起的，结果变成了一个人住，他住在家里，有父母操持一切。还好这个城市很大，有很多机会，我每天投简历，每天去人才市场晃悠。凭着过往我在学校的优秀经历以及看着还不错的外表，很快找到了一份工作，在一个很小的装饰公司里做文员，老板加员工总共就五六个人吧，公司里所有的杂事都是我来做，因为我是学设计的，有时候也帮他们画一些图，打打下手。后来设计主管跟老板说让我也来做做设计，说小姑娘挺聪明，别浪费了。就这样开始慢慢学习做设计，因为公司人少，活儿也挺急的，常常加班到深夜，周末也会去公司。公司其他同事都是男孩子，我一个女孩儿跟他们一样熬夜，从来不抱怨，我总想着我得努力工作，跟他一起努力。

　　"他偶尔下班会坐车从城西到城南来找我吃饭，然后我们一起压马路，然后我又回去继续加班。我很依赖他，很享受和他在一起的每一分钟。我和同事来往不多，上班一有空也是在 QQ 上问他在干嘛，想不想我之类的。他从小在这里长大，有很多同学、朋友，慢慢地，越来越多的聚会占据了他的生活，他也很乐得其所。我上班很忙，很少跟着去那些聚会，去了我也不知道跟他同学聊什么，有时候挺尴尬的。我那时候一个月一千多的工资，刚好够房租和生活费，也不想跟我妈要钱，怕她觉着我在这里过得不好，非要我回家。我跟她说我在这儿找了个大公司，做设计，特别好，领导很注重培养我，一个月三四千的工资，生活是没问题的。我妈不知道，我花了半个月的工资给他买生日礼物，然后那一个月穷到只买了几包挂面和榨菜吃了大半个月。"

　　"你说我那时候傻不傻呀？自己还觉得挺开心的。"她顿了顿，摇晃了一下莫吉托的杯子，凝视了半秒，喝了一口。"有酒，也有生命的味道，"她说，"不像我，死气沉沉。"

　　"因为他父母给他找的工作不错，工资也比我高好几倍。我心里也挺着急的，我担心越来越不如他，他会看不上我。大约过了一年他找我吃饭的次数越来越少，他说从城西坐公交到城南得一个小时，又很堵车，可累了。

　　"那年我的生日他也忘记了，生日那天他和哥们儿去酒吧看足球了。他几乎不会给我买礼物，他的钱都花在自己身上。而我每次逛街，都想着他缺什么，他穿这件衬衣怎么样，他需要个新包了，去超市买东西也会想着他喜欢吃什么，周末买些什么菜给他做点儿好吃的。我的世界里全是他。

　　"我在这个城市里几乎没有什么朋友。后来我知道他家里要给他介绍女朋友的时候，我真的有点儿崩溃，我质问他，他家里不是不知道我的存在，为什么还这样，他弱弱地说他们觉得我工作不好，工资不高，在这个城市也没有什么关系，在他的事业上也不帮助他，他爸妈担心我会成为他的负担。我沉默了，觉得可笑，却又觉得这似乎是个事实。我当时发狠地告诉他，我一定不是他的负担，一定在后面三年里换个好工作，挣比他多的钱。

　　"我以为我会跟他结婚了，虽然那时候我们已经开始互相陌生了，可是我总觉得我来到这个城市都是为了他。

"第二年我换了工作，以前的主管推荐我去了一家大公司，薪酬谈的不错，一下子比以前翻了几番，也算是都市小白领了，我工作很勤奋，也善于思考，半年后就又涨了薪。自己觉得特有成就感，因为我觉得好像又离他和他家人的期望近了一步，离自己许下的话又近了一步。他还是在国有单位，铁饭碗，收入没有什么增长，但也算十分稳定，不用加班，和老同学隔三差五地聚会。

"第三年，我们仍然没有说分手，但见面越来越少，我常常感到他在有意回避我。我开始慢慢学着独立做一些小项目，承担更多责任，我的收入继续增加着，这一年，我用自己的积蓄加上父母的一些帮衬，买了车。

"第四年，我付得起银行的贷款了，也能过好自己的生活了，我妈说给我付个首付买个房子，在这个城市里安顿下来，和他好好在一起吧。我终于买了房子，有了车子，虽然财政上有些吃紧，但除了日常开销外，也足够去

旅个游什么的，我以为自己变得更优秀了，因为我兑现了我当初的诺言，实现了自己的目标，我以为我会跟他结婚了，虽然那时候我们已经开始互相陌生了，可是我总觉得我来到这个城市都是为了他。

"他终于说了分手。他说他已经有了新女朋友，我不服气。我问他我哪点不如那个女孩儿，他说你没什么不如她，你很优秀，很能干，很独立，很好。我强忍住内心中的五味杂陈，努力忍住泪水说：好吧，再见。他走后，我就在这个屋子里，请了病假，一周没出去，也不想和人说话。"

夏微闭上眼，耸了耸肩，叹了口气。

"我真的很努力，我努力地实现我的承诺，我努力赚更多的钱，我努力买了车子房子，我努力做到能做的一切，我努力变得优秀。"她嚎啕大哭，撕心裂肺，那哭声都能穿透墙壁。我不知道怎么安慰她，有些手足无措，印象中的夏微是个理性又聪明的女人。

"美是做自己，是他人不能取代你"

　　我跟她说我曾经看过一个电视节目，一个女孩儿因为自己喜欢的男孩儿曾经对她说忘记不了自己的前女友，于是整容成男孩儿前女友的样子，这让她从一个土里土气的女孩子变漂亮了，却也不真实了。因为连自己都失去了，所以最终也未得到男孩儿的心。我还有一个朋友因为谈恋爱的时候，女友从很远的城市来到他的城市，于是每次吵架时都会提起此事。男孩儿也觉得女友为他付出了很多，虽然两人后来结婚了，但不幸福。动辄提起付出的妻子常常让他觉得压抑，他不想回家，两人之间也只剩下无尽的争吵，现在他准备离婚。

　　想起蒋勋先生的一句话，我将其送给了夏微："美是做自己，是他人不能取代你。"

　　半年后的一次旅行中，她认识了阮杰，现在的男朋友。她说其实那时候已经发现之前的恋情早就不是爱了，只是不甘心。她说自己是幸运的。那三个月中她每天晚上回家都会在阳台上摘一些新鲜的薄荷叶，为自己调制一杯莫吉托，加几块冰。阳台上的薄荷长得特别茂盛，清香可以随夏风飘到落地台灯下。

　　我们总是想像自己变得多么优秀，挣多少钱，腰变得多细，胸变得多大，脸变得多尖，爱人就会死心塌地。其实爱人从来没有离开，离开的只是一颗渐行渐远的心。而你，永远值得被自己呵护珍爱。你若盛开，清风自来。

　　其实爱人从来没有离开，离开的只是一颗渐行渐
远的心。而你，永远值得被自己呵护珍爱。

傻气女青年——文艺女青年的切换时刻

莫吉托

| 准备物品 |

食材：薄荷叶、柠檬、朗姆酒、苏打水、白糖、冰块

| 制作步骤 |

1、将薄荷洗净放入杯中，与白糖一起捣碎，薄荷的香气会随着叶片的碎裂而芳香四溢。

2、将柠檬切成片，放入杯中。

3、加半杯朗姆酒，半杯苏打水，加冰块摇匀。

小皮《如果遇见》

即使没有办法每天过悠闲隐居的生活，有优哉游哉的心情似乎也不错

会呼吸的办公室

Chapter
Three

回到生活本身，
聆听你最初的梦想，
看到我们的内心所向往，
我们既要生存，也要在生存中懂得生活。

比身体醒得更早的是梦想

"有人比你努力，可怕的是比你牛的
人比你更加努力"

冬日的天气冷得人直哆嗦，蜷缩在被窝里感觉世界都是温暖的，此时做上各种白日梦，不愿醒来。网上有一句流行的话："总有人比你努力，可怕的是比你牛的人比你更加努力。"曾经看到一份调查结果，受访者是三百位六十岁以上的老人，问题是自己年轻时最后悔的事是什么，绝大多数已至暮年的人说，后悔没在年轻的时候全力以赴地追逐自己的梦想。

听了太多人说"如果再给我一次机会"，"如果时间倒退一年"，"如果那时我英文好一点"，"如果我没有放弃你"……太多的"如果"。说如果就意味着已经错过，开始懊悔。为什么当时你没有做好全力以赴的准备，能为如果买单的人只有你自己。人人

都说自己有梦想，但为何牛的只有那么一些人，不是因为笨，只是因为你想太多做太少。

有一年的国庆节，我和朋友自驾去稻城亚丁，这是318国道骑行者心中的圣地，进藏的必经之路。一路上有很多结伴骑行的人。高原的天永远是敞亮蔚蓝的，白天伴着阳光和清风，抬头可以看见远方的雪山。骑行的人们一副斗志昂扬的样子，我们一路上也伸出大拇指给他们加油鼓气。我是敬佩这些人的，从成都到拉萨不仅需要体力上的付出，更是需要心理和意志的坚持到底。到了傍晚，雪山可不好过，寒冷而阴暗，甚至会有飞雪。有的人和队友走散了就再没跟上。前进的脚步变得更加艰难，有人缓慢地推车，有人实在无法抑制心中的伤悲在路边哭了起来。

在从亚丁到稻城的路上，我们搭了一个一路靠搭车旅行的男孩儿，他说他出来旅行一个月了。我见他行李很少，就问他这一路是怎么过来的。他说开始出来时是带了帐篷的，后来走着走着就觉得太重，然后寄回家里了。他二十三岁，大学毕业工作一年，皮肤白净，看起来就一副没怎么吃过苦的样

子。他说他要去拉萨,从稻城回理县再进藏,我说很佩服一路骑行或长时间徒步进藏的人,问他为什么要进藏,他说没什么特别,只是不想上班。他家在陕西一个二线城市,毕业后家里没有太多关系,所以在当地找了个不算太好的工作。住在家里虽说吃穿不愁,但看到有很多家里有背景的同学一出来就得到收入十分不错的工作,他说自己心里有落差。我说你这么年轻既然觉得老家工作不好,收入不满意,那为什么不出来去大一点的城市凭能力找一个工作呢,大城市发展的机会可能会更多,几年后也许会超越现在羡慕的那些家庭背景强的同学。他摇摇头,对我说:你想啊,我要是离开家去别的地方找工作,那我得租房子,合租一个月至少也得花好几百块呢,吃饭、坐车都得花钱,如果找的工作和现在工资差不多,那钱就更不够花。我现在住在家里,不用给房租,不用付水电气费,父母每天给做饭,也不用交伙食费。我说:我大学毕业到一个新的城市,没有背景,也没有托过什么关系,不也找到工作,不也认识那么多朋友吗。我问他,那你还打算回家做那个很不满意收入又低的工作吗?他点点头,把手插进上衣口袋,说起码不辛苦。我从后视镜里看这个男孩子,感觉看到了十年二十年后的他,我觉得现在的不辛苦,也许有一天会变成很辛苦。

"生活不是靠想出来的，而是靠每一天的日子过出来的。未来不是说等着年纪大了就什么都会有了，而是看今天年轻的你为之付出了什么"

　　放弃，在有的情况下，是一种智慧，一种解脱，但总体而言，放弃是一件很容易做到的事。比如，你预想今年每周去一次健身房，你坚持了吗？定好的英语学习计划，你做到了吗？说好的去练习手绘，你去了吗？……真是不敢细想，转眼一年又一年堆砌起来的放弃比坚持下去的东西多许多。然而，既然放弃了对自己的承诺，那这些时间你干嘛去了呢？发呆、看电视、逛网页、刷淘宝、打游戏，在不知道不明了中，日复一日。

　　如果把人生切分成二十年一个段落，那么总共也不过只有四个段落。第一个二十年，刚来到这个世界上，忙着玩耍、学习；第二个二十年，有点长大，忙着恋爱、成家、工作、奋斗；第三个二十年，悟出一些道理，人与人之间也分出了活法；第四个二十年，啥也不能想了，只能安享晚年。

　　这一生真是不长。我庆幸自己没有在二十岁的时候只想不辛苦，我庆幸每一次最初的痛苦坚持让最后的收获格外的甜蜜。

小皮《我们都是岁月的孩子》

从优雅的办公桌开始

"不化妆的女人没前途，没有优雅办公桌的女人没前途"

安娜端着金色把手的咖啡杯从我身边走过，干净又不失女人味的白衬衫，Burberry 淡香水的味道，橘色的口红，纤细的手指和漂亮却不夸张的指甲，每一个细节都让你不得不对这个女人产生一种好感甚至一种好奇。"不化妆的女人没前途，没有优雅办公桌的女人没前途！"这是她的口头禅。

她的办公桌总是归纳有序，比如文件总是放在右手边的文件筐内，并且用文件夹分类夹好，日常需要用的笔、剪刀、便签纸也都在小隔间内排列得井井有条。牛皮纸的记事本十分有质感，白色贝壳相框里摆放着她和家人的照片，你很难想象她已经是两个孩子的母亲。除了这些，她的桌子也是有风情的。大把的鲜花簇拥着她，靠窗的位置有一两株绿色盆栽很是赏心悦目，座位的靠垫绣着温柔的粉色花卉。经过她的巧手和蕙心，这里不再是冰冷无趣的办公间，而是能一下子让人感觉到这是一个精致女人的位置。

P 先生是个其貌不扬、戴个黑框眼镜的男孩子。他每天的鞋子总是一尘不染，左手腕上极简的棕色装饰手表虽然不名贵却彰显着他对细节的重视。他只是个实习生，每天的工作十分琐碎，每个人有什么细枝末节的小事都会交给他，这不仅仅因为他是新人，而且因为他做事极其靠谱。他整理出来的文件总是干干净净，整理的 PPT 总是清爽仔细，一如他的办公桌。男生的办公桌大抵是没有女生那样花哨的，黑色的收纳盒、黑色的钢笔、黑色的 U 盘，清一色的黑但素雅得恰恰好。

从一个人办公桌的细节可以看出他的性格、做事的风格、日常的喜好，虽然 P 先生不是女人，但也的确印证了安娜的那句话。由于他总是能把每件小事都做得清清爽爽的让你舒服，同事们也越来越信任他，慢慢开始跟他交流很多工作的方法。有一次老板路过，在纷乱的办公区中一眼看到了 P 先生清爽整洁的桌面，然后就记住了这个黑框眼镜的实习男生。当然毕业季的激烈竞争中他顺利拿到了 offer。

"对普通人来说时间就是生命，时间就是人民币"

像安娜这样的女人，每天大约需要在四种角色中转换，职场女性、妻子、母亲、女儿，我真的困惑她是怎样保持那样一种优雅的状态，她总是能淡定且有条不紊地安排好工作和生活。如果不加班她每周会安排一两次时间学习爵士舞。下班时看到她收拾好桌面上的东西，把位置归整好，然后换身运动装，春风满面。她说这都源于有效的时间管理，把时间花在刀刃儿上。

时间是什么？

哲学家说，时间是抽象概念，是对世界生死的排列，是物质存在的一种形式。爱因斯坦的相对论说，时间与空间一起组成四维时空，构成宇宙的基本结构。霍金说，宇宙的时间是一个起始点，由大爆炸开始，物质与时空必须并存。物理学理论说，时间是连续的、不间断的，也没有量子特性。关于时间，想必大家看了《星际穿越》后都有脑洞大开的感觉。

对普通人来说时间就是生命，时间就是人民币。生命一定是等同于亲妈的，人民币不能说是亲妈也能算得上干妈，所以时间还真是我们无论在情感上还是行动上都消耗不起的呢。

真正优雅的你，应该是不仅外表和举止让人着迷，而且能把办公桌收拾得妥帖，有良好时间管理技巧，懂得投资未来的你。

糊小Q的办公室收纳小技巧

利用收纳盒、收纳袋

有序的收纳必然离不开这些收纳工具，可以帮助你化繁为简。

清理不必要的物件

我们的办公桌面上面是不是常常堆满了各种各样不知所云的东西？比如咖啡、维生素、发夹等等，这些完全可以收纳到柜子里面，小东西就不要摆在桌面咯。

常用的东西放在触手可及的地方

常用文件、计算器、笔、长尾夹、便签贴、笔记本这些每天都要用到的东西最好摆放在伸手最易拿到的地方。

不常用的或者旧的资料放在办公位的下方

虽然现在提倡无纸办公，但是打印出来的大堆旧文件是不是也很多呢？放在桌面上不仅占空间，还十分不美观，因为使用它们的频率会非常小了，所以可以在办公桌下方准备一个收纳盒，定期清理至收纳盒中。

利用文件夹、文件盒清晰分类

文件一定要清晰分类，可不能一团糟，可以在电脑上做个自己的备忘录。可以准备一个分格子的文件盒或者文件夹将它们分门别类，比如：合同、内部往来函件、外部函件、报表等。

利用挂钩和多层置物架

平面的空间已经不够用了怎么办？那就充分利用起来立体空间，可以利用两三层的小置物架或者挂钩把需要的东西空间化。

| 收纳盒 | 废纸盒做收纳盒 |
| 底层柜子放零食 | 卫生纸筒收纳充电线 |

台历可以帮助理清工作计划

眼睛能明显看见的位置最好放置一本台历,可以帮助你理清楚工作计划,可以用记号笔在日历上直接圈出重要的时间节点,并且备注相关事项。

便签随时提醒自己

如果你和我一样记忆力越来越差,那么把每天要做的事情写在一张便签纸上,然后将其贴在办公桌上,恐怕是防止误事的有效方法。

咖啡、清茶、零食的收纳

前面说到这些东西最好不要放在桌面,一方面会显得凌乱,一方面要避免让上司误会你上班时间吃小零食。可以把它们都放在办公桌柜子的最下层,减肥的妹纸还是忍忍吧。

U盘、移动硬盘、数据线、充电器的归类

这些有线又小的东西最容易一丢一个乱,乱成毛线团,卷筒卫生纸用完

后中间的中筒是收纳这些的好工具，可以将线放在纸筒内方便抽出，大小还挺合适。

装饰品、照片、花卉植物的摆放

每个人是不是都会有些小爱好呢？比如 A 小姐喜欢花草，B 先生喜欢小模型，最好放置在不是每天会拿东西的地方，东西要精不要多。

糊小 Q 的时间管理小方法

做个有目标感的人

今天的你还是拖拖拉拉的，这不是因为你就是个懒散的人，而是因为你可能还没有找到自己的目标。目标不一定是很功利的或者假大空的，而是应该切分成断的，也不要定太过长远的目标，因为自己永远在成长，生活永远

在变化，目标其实也会跟着变化，不如先就 年来个总目标，再拆分成小目标。不要是太空没有实际内容的目标，比如我今年要学英语这个目标就比较空，应该是我今年每周末抽一天去某个地方学英语达到可以日常口语沟通没有障碍的程度。

给自己一个清晰的计划

按每天、每周的时间，将这些事项按重要、紧急、一般的程度排列。有了总体的目标那就要将其落实到行动上了。对于工作上的安排，我们可以在周五晚上或者周一早上将一周的工作大致安排一下。每天早上，先将今天要做的事情列一个清单，并且按照紧急、重要、一般划分层级，这样一目了然应该先处理什么，不会总是抓不住重点到要交办的时候又一副无辜的样子。

浪费时间就是浪费人民币

如果你只是想着月薪八千，每天看两个小时的网页，明年还是只领八千块的薪水。这就是对自己的不负责了，加上你未来的成长，你选择保值的唯一方法就是让自己增值。如果我们把每个小时看做一张百元大钞票，那么你做一小时对自己未来没有成长的事情就浪费了一张红色钞票哟。

八小时工作以外可以做点儿什么？

下班以后你都干了些什么？回家躺尸、看电视、玩游戏？适当的娱乐当然是必要的，不会娱乐的人没前途，但不妨参加一个英语角、学学肚皮舞、练练瑜伽。这些不仅可以令你强身健体、增长智慧，还能帮你结交到不少志同道合的朋友。

陈粒《奇妙能力歌》

像便签一样贴上它

"那种感觉像是走神，却能看到许多美好之物"

　　有些东西不经意地存在于身边的每一处，不明显，也不会令人觉得不自在，比如一草一木。花草的生存真的太简单，它根据环境自然地寻求存在的方式，石缝里、屋顶上、沙漠中，用自己的方式适应外界的环境，也在每一个小小的方寸间诠释自己最美的一面。四季变迁，它依然美丽自在。

　　"太干燥了！"身旁的小雪抱怨着，打开新买的加湿器，又从包里拿出一瓶保湿喷雾。"长时间面对电脑，身处空调环境，皮肤会变得干燥，眼睛更是干涩，一到下午就头晕脑胀。"她说。

　　每当我看太长时间的电脑，一团浆糊的时候，我就喜欢看看窗外。那种感觉像是走神，却能看到许多

美好之物，你可以看到四季的变化，偶尔小鸟在树枝间跳来跳去，或者鸟妈妈会带着小鸟玩耍，还能看见风吹动树枝随风摇摆，这些都是美好的画面。不经意之间，不用花费什么就可以让自己精神起来。办公室里摆放着几个品种的植物，也不是什么特别的品种，这些小东西不经意的存在让干巴巴的办公室变得温柔起来。我常认为建筑物是雄性，刚烈不阿，植物和零零碎碎的配饰是雌性，柔软了他，让环境变得有情。

　　每天要用的便签和这些植物一样，不显眼，不华丽，却提供给我们细心的帮助。这其实很像我们身边的一些人，每天都能在办公室看见他，相貌也许平凡，做的事情也许没有什么出彩的，但一直兢兢业业。也许只是帮助你换一些复印纸，走一些繁琐的流程，却让你的工作变得更加顺畅，他们如小蜜蜂一般勤劳、可爱。很多职业也是如此，比如环卫工人、公交车司机、小区保安们，请多给他们一些微笑吧。

　　办公室的小小植物和便签一样，能在不经意间给予你清新。

适合办公室的植物 === 懒人植物

办公室是比较干燥、空气流动性差的环境，而且工作的时候需要随时保持清醒的头脑，总体来说还是以绿色植物为佳，不宜放置过于花哨的品种。办公室可不是一个每天你能花很多时间细心照料植物的地方，所以选择的植物一定要是比较皮实好养的，不能过于娇气，根据具体的环境特点可以选择耐阴的或者耐干燥的，属于懒人植物的那种吧。

土培稳重又萌萌哒

仙人掌

仙人掌真是懒人植物中的佼佼者，沙漠中的植物有天生的耐性，一个月浇水一次真是方便到不能再方便了，它还有很强的抗辐射的功能，配上可爱的盆子会很萌呢。

多肉植物

多肉是现今大家的宠儿了，也属于懒人植物，水分要求不高，比较喜欢阳光，如果办公室太阴恐怕不会怎么生长哦，多肉盆栽中还可以搭配一些小玩意儿，比如放一个简单小玩偶，这样也会给办公室增加些许灵动的色彩和不少情趣呢。

绿萝

绿萝真是又便宜又好养，给它一块土一份水就能蓬勃发展，叶片大小适中，四季常绿，有安神静心的功效。

白掌

又名白鹤芋，花苞雪白，亭亭玉立，如清雅仙鹤，寓意事业顺利、工作向上。白掌比较耐阴，花期长达 4 个月。

万年青

又名一帆风顺，四季常绿，是很好的室内观叶植物。对吸收室内甲醛、有毒物质、废气有极佳的作用。寓意生活工作长盛不衰，富有，也寓意友情的长长久久。

滴水观音

又名海芋，因在温暖湿润环境下，叶片上的水分会沿着叶尖向下滴水而且开花时如同观音，故得名滴水观音。根茎粗壮，可以长到 2 米左右高度。象征志同道合。

女神般的存在水培

绿萝

水培绿萝在夏季可以一至两周不换水，冬季可以一个月不换水。绿萝遇水即活，有"生命之花"的美誉。

富贵竹

富贵竹的生命力十分顽强，即使长时间不换水也可能会突然发现根系已经遍布花瓶角落。花开富贵，竹报平安，象征吉利、顺利，有调节室内空气湿度的功效，能起到旺学业、旺事业的作用。

红掌

和白掌同属天南星科，又称蜡烛花，常用于节日庆典，可以看出，红掌给人一种喜气洋洋、有生机的感觉，其花期更是可以长达半年，它的花语是大展宏图，能助事业运哦。

水仙

我国传统的十大名花之一，水仙不需要任何花肥，只需要清水。水仙的气质是清秀文雅的，古代也是多放置于书房内，能营造一种内心清净的感觉。

铜钱草

叶子圆如铜钱，故得名铜钱草或金钱草。它的叶片揉碎以后有香芹的味道，外形小巧别致，可以盆栽还可以养在鱼缸里。

网纹草

网纹草植株小巧、轻盈，常常是组合盆栽中的配角，单独形成盆栽也有小巧雅致的情趣。网纹草叶色淡雅，纹理均匀，十分耐阴，但不耐寒冷。因为体积小十分适合于放置在格子间的办公桌上。

Elizabeth Mitchell *You are My Sunshine*

放慢的心

"你住着廉价的出租房甚至地下室，
你不想让爸妈担心，你每一天都不敢松懈"

　　拿起手机，翻开短信、电话、邮箱，确认了一遍刚刚它没有响起，不过十分钟后似乎又听见铃声，赶紧摸出手机。上洗手间、开车、挤地铁、吃饭都随身带着手机。总是有幻听，怕漏掉每一个电话。不知道你是不是也这样。这个时代真的每一天都太快，像快速路上的车流。

　　孩子还没出生，准父母就开始奔波忙碌。预产期在9月1日以后的宝宝，很多准妈妈爸爸们为了让他将来能适龄上学，会在8月底选择剖腹生产让他赶紧来到这个世界看看。因此，产房在8月底会达到占用率的一个高峰。

　　我们从读小学、初中、高中，到大学、工作，一

刻也不能比别人慢。隔壁的二宝会念五十首唐诗了，你却还只会念三首时，爸妈会说你瞧人家多聪明；二宝数学考了一百分，你考了九十分，爸妈会说你好好向人家学习；二宝当了班长，你连卫生委员都没竞选上，爸妈会说你看人家多能干；二宝考上了重点大学，你只勉强上了个二本，爸妈会说你看看人家。

　　大学毕业哥们儿早早拿到了 offer，你还在无休止地投递简历，你住着廉价的出租房甚至地下室，你不想让爸妈担心，你每一天都不敢松懈，你终于混得人模人样、爸妈可以跟邻居说我儿子现在发展得很不错，过年回家二姨三叔四姑父妈妈爸爸姥姥爷爷又说赶紧找个媳妇儿回来吧，生个大胖小子啊……胸口挺闷，感觉人生就是马不停蹄，快马加鞭地跑跑跑。这就是我的一个朋友曾经的生活写照，他叫王努力。

　　终于在他一刻也不能停止的生活里的某一刻，时间戛然而止。他总是不停地接电话，显得很忙的样子，当然他也的确很忙。一场意外的车祸突如其来，不过幸运的是车毁人未亡。王努力住进了医院，手脚都打上了石膏，不能动弹了，以这样的方式休息了一个月。

刚开始，他感觉有前所未有的难受，他不适应这种铃声稀少、等吃等喝的疗养日子，他变得有些焦躁，朋友们给他送来了粮食和知识——书籍、音乐。因为生活变得单调起来，所以每天阅读的内容和听的歌曲他几乎都能记住细节。他说以前看了什么书是从来都记不住的，说是脑子笨吧，其实是因为我们身边的信息量太大了，根本没心思细细地读。

"世界再嘈杂，女匠人的心必须是安静的"

住院的后半段日子，每天清晨和傍晚，他爸妈会陪他去医院的小花园里散步，他说他每天能看见大约十几只流浪猫，还看见过古灵精怪又小心翼翼怕被人发现的松鼠，后来还听出麻雀妈妈召唤小麻雀的叫法，能欣赏植物每

天在春季里的变化，认识了一种叫海棠的花。他说他从来没有发现原来麻雀叫声那么可爱，海棠花那么好看，青草那么好闻。看着陪伴的父母，他说以前自己太操蛋，每次节日回家给他们一些钱买一些昂贵的保健品，就以为自己很孝顺很 B。出院以后，他参加了个禅修班，开始学佛，开始学做菜，开始在节日里给父母做一顿饭。

有时候退就是进，慢就是快。看过一遍短文《幸福不过女匠人》，文章里写到"世界再嘈杂，女匠人的心必须是安静的。曾经如此渴望像匠人一样，有一门可以与外界交流的手艺，后来才明白，我们羡慕的不是手艺本身，而是专注做事带来的宁静，是女匠人细腻优雅的生活方式。"我的母亲是个手很不巧的妈妈，不会烹饪，也不会手工，我儿时的毛衣基本上都是阿姨亲戚们送的或者买的，可是我最喜欢的是一件暗红色没有装饰条纹和针法变化的妈妈亲手花了一年的时间陆陆续续打好的毛衣，你可以想象那件毛衣上有多少的针法错误，但一点也不妨碍我作为女儿对它的喜欢。

放慢你的心，每当喘不过气的时候，每当一路奔跑的时候，每当以为自己停不下来的时候，听一首慢歌，读一首诗，去花园里走走，买菜做饭、看书听雨、散步扫除，一切琐碎又平常至极的小事都可以是点滴的情绪的舒缓。

　　不焦不躁，日静山长。

糊小Q 禅意盆栽 TIPS

盆器 | 选择素雅的造型简单的盆器，比如日式和风气质的容器，色彩沉静，以黑、白、灰、大地色系为主。

植物 | 选择要精，一两株造型别致的即可，品种的选择有很多，例如蓬莱松、枫树、清香木、金弹子等。

情趣 | 底层铺以碎石、青苔，营造枯山水质感和情趣。

程璧《枯れ木》

做最健康的杜拉拉

"在这样的鬼天气里难免不生病"

今天醒来拉开窗帘，灰色的雾笼罩了整个城市。我住在 33 楼，对面的房子躲在霾的后面已经完全看不清楚样子。开车过红绿灯也竟然完全看不清楚颜色，不知是不是该走。穿羽绒服的人中有帽子的都将帽子戴上了，有的还戴上了口罩。这两年，每到冬天就觉得灰尘凝结在了空气中，你呼吸着冰一样的空气，以为冷而干净，却能清晰感受到颗粒物在鼻腔里的游走。总是看到朋友发的消息说自己生病了，或者家里老人、孩子咳嗽不止。这或许是城市发展的代价，也是我们这个时代的人所必然承受的吧。也许心里上或行动上你已经逃离，但梦游一圈或者旅行一圈后你还是回到这个城市，回到每天早晨拥挤的地铁中，因为这里有你的家人、你的朋友、你的生活和你的工作，并且还有你的梦想。

在这样的鬼天气里难免不生病。办公室里不少同事都有些咳嗽，空气里冒着一股子板蓝根冲剂的味儿。上午是工作的黄金时间，九点半开会讨论方案，我有些头晕脑胀，思维恍惚，我注意到坐我对面的人里有一半儿都状态糟糕。

现在大家常都说这年头儿最怕的不是没钱，而是生病。大病可以让一个家庭的人力、财力消耗殆尽，小病其实也生不起啊，上班族们虽然常常抱怨每天上班是件痛苦的事情，可是当你真的生病不用来上班的时候，你或许又会感到焦虑，这种焦虑来自身体的反抗、不适、难受，来自未完成的工作，来自竞争或金钱。

有时候拼命撒谎遮掩的事情其实是最不希望发生的事情。这年头身体就是金钱，如果想升职，那么也就必须能够承担起更多的责任，需要思考更多的事情。你可以不是个风风火火的铁人，但至少不能是林黛玉。如果打算创业，那就更加需要健康的体魄了，跟创业比起来，上班实在是件轻松的事情。常常看到很多人的梦想是开家小店，不用每天朝九晚五，环境随意而温馨，还可以做自己喜欢的事情，接待自己喜欢接待的人，不用看老板脸色。可是开个小店可真不是睡到自然醒，想开就开想关就关的呢，那样只会很快关张大吉。

"健康是1，财富、美貌、家庭等等都是0，如果没有前面的1，后面的一切都等于0。"

我们可以轻易地说那个某某某开了个咖啡店经营得很成功，收入可观，不仅做的事情有情调，还能经常去各个地方旅行。你看到他的成功，你看到他背后的付出与汗水了吗？他会跟你倾诉每天都会遇见一些奇葩的人，进货、装修都是令人头疼辛苦的事情吗？你只是看见你的某个同学开个淘宝店，觉得他每天不用早起不用打卡，过得很滋润，而且如今已经做到了不错的信誉等级，你猜他肯定有钱又有闲。你可知道他曾经日夜拍照上新，要自己做扛货小工、客服、文案、美工、财务吗？

我有个朋友，如今已经做淘宝、天猫做的非常不错了，收入可观。几年前他刚刚开始做的时候才刚大学毕业不久，自己仅有几千块，跟家里说要做淘宝，家里人也不怎么支持，毕竟传统思维，父母还是希望孩子能学以致用，并且有个体面工作的。他只好找了几个朋友，陆陆续续地又借了几千块，一

共凑了差不多一万块，就开始做女鞋。男孩儿虽然身体消瘦，不过精力旺盛。那年夏天，他每天去各个鞋厂想进货谈合作，想拿到最便宜的货源，还没等见到管事的领导，普通的店员一听他的订货量就立马把他打发走。闭门羹吃多了也知道自己资金有限就只好去批发市场订货。市场上做批发都是从清晨很早的时候开始的，每次拿货他都是早上四点去拿第一批的那拨人中的一员。批发市场有不少帮人扛货的工人，但因为想把仅有的创业资金用在下一批进货上，舍不得给搬运费，每次就都是自己背货，绳子在肩膀上已经勒上了印记。他谈起创业总会说，还好那时候年轻，身体好。那时候是身体最辛苦的时候，也因为要证明给父母看，心里的压力也不小。但还好他撑了下来，并且取得了现在的成就。所以说，健康是创造一切的根本。有句话说健康是1，财富、美貌、家庭等等都是0，如果没有前面的1，后面的一切都等于0。

　　周末去看了另外一个朋友，他兴致勃勃地跟我说起他现在做的事情，他说他在写剧本，做动画，打算做一部科幻电影，我有些不信，却又想看看他是不是真的能做出来。我看他满脸春风，面容红润，和一年前大相径庭，就问他为什么在这一年变化如此之大。他说去年他辞职了，不是因为工作不愉快，或者有别的契机，而是因为太累，抵抗力变得很差，所以当时打算停下来休息一段时间。在休息的那段时间里，他想清楚了一个问题。之前上班的时候他不仅在公司做专业负责人，工作量很大，还常常加班，有时候外面的一些朋友也会找到他帮忙做一些事情，当然也能挣一些外快，当时的他觉得挣钱就是最重要的事儿，后来才觉得身体特别容易疲惫，又常常感冒，这才意识到抵抗力已经很差了。因为平时完全没有注意锻炼和保养身体，使得好多本来挣钱的机会也都接不下来了。回家后本来想陪年幼的孩子玩会儿，想和妻子说说话，但总觉得身体不济，那时候他才惊觉，挣钱是很重要但是身体更加重要。从那以后他开始拜师练太极，并从饮食上调理内在，他说身体好了心里积极的情绪又回来了，因为身心相连，气血相通。

　　健康的你，精力充沛、乐观活跃，在小小办公间内做事认真，散发着迷人的魅力。千金难买快乐，快乐与健康又密不可分，所以早些做出改变，让自己面色红润起来吧！

糊小 Q 的健康 TIPS

　　久坐的白领常出现便秘、痘痘等问题，大多是因为压力大，身体的代谢速度变慢，排毒不畅，因此我们也需要留意日常的排毒方法哦。

跟我一起来排毒

　　蜂蜜水 | 早上起床先空腹喝一杯温水，15 分钟后再空腹喝一杯蜂蜜水，再轻轻在腹部转圈按摩，促进肠道蠕动。

　　蔬菜水果 | 这些一定要多吃，每一次进食都要保证有充足的纤维摄入。

　　各种锻炼 | 这是老话，但又是不得不说的话，如果上下班可以选择一段路步行那就尽量不要坐车。

　　按摩 | 洗热水澡时用花洒按摩肠道腹部位置。肠道蠕动差还与气血差有关，如果较为严重可以咨询中医进行调埋。

　　心情 | 保持心情愉快，制定健身计划，按规律作息。

每天都用热水泡脚

泡脚的好处：脚是人体的"第二心脏"，脚上有无数的神经末梢与大脑紧密相连。脚与人体健康密切关联，每晚用热水洗脚，能增强机体免疫力和抵抗力。热水泡脚不仅能滋肾明肝，还能提高睡眠质量，泡完再适当做几分钟的足底按摩，对身体血液循环更好，使睡眠更加香甜。

花样泡脚法

食盐泡脚

盐水有杀菌、去角质、促进血液循环的作用，适用于有轻微脚气的人。可以在一盆泡脚水中倒入一勺盐的量。

白醋泡脚

白醋有滋润皮肤、软化血管、消除疲劳的作用，倒入少许醋入温水中即可。

生姜泡脚

生姜有解表驱寒的作用，能改善局部血液循环，提高新陈代谢，适用于手脚冰凉或风寒感冒的人。将一块生姜拍碎用水煮 10 分钟，倒出凉至 40 度左右再泡。

艾叶泡脚

艾草性温，有理气血，除寒湿的作用，适用于体质湿寒或虚火上浮的人。和生姜泡脚一样需要将艾叶清水煎煮 10 分钟。

益母草泡脚

益母草有活血调经、治疗女性妇科疾病、去瘀生新的作用，适用于痛经的女性，方法同艾叶。

泡脚的注意事项

时间不宜太长

10-20 分钟为宜，热水泡脚会加速全身的血液循环，血液会向下肢流动，时间太长容易出现头晕不适的状况。

水温不宜太高

40 度为宜，避免被烫伤。

幼儿不宜泡脚

中医里讲儿童是纯阳体质，阳气旺盛，泡脚容易上火。

经期若用中药泡脚需要听医生嘱咐

女性经期免疫力降低，且因为每个人的体质有很大不同，所以不要随意选择方子，否则有可能适得其反。

范晓萱《健康歌》

你是最棒的能量场

"相信你身边一定有这么一个朋友，他精通星座、属相、塔罗、手相，总之一切与所谓灵力相关的东西"

生日那天，朋友一口气送了六条水晶手链给我，粉色、蓝色、黄色、绿色、紫色、白色，我叹这真是五彩缤纷啊，她说这是送各个方面的幸运给我。身边的很多朋友都喜欢水晶，女孩子都是爱美的，更是相信水晶有能量场的说法。

相信你身边一定有这么一个朋友，他精通星座、属相、塔罗、手相，总之一切与所谓灵力相关的东西，娜娜就是这样的一个神婆。我们第一次见面是在朋友的聚会上，朋友简单介绍以后，我们被安排坐在同一个饭桌上。饭前的等待是无聊的，大家都埋头玩儿手机，娜娜主动开始了话题，她问我："你是什么星座的？"

我说："处女座。"她说："够奇葩的星座啊。"我大笑，表示处女座很尴尬。她说："我是射手座，我很多朋友是处女座的，虽然处女座很讨厌，但是我和处女座还比较合。"我说："我也有很多射手座的朋友。"她又问我属相，我属牛，她属鸡，我们的属相挺合。后来她又问了我几个有点儿像心理测试的问题，我回答了但也没有问她结果，只记得她若有所思地点了一下头。她很健谈，对每个新认识的人都是先问星座、属相，聚会结束，她说还是和我比较投缘，于是互相交换了联系方式。后来约着出来吃饭，我问她向每个新认识的人问属相和星座是做什么，她说如果是和她星座属相不合的人她就基本上不怎么交往，问我的几个问题也是心理测试题目，通过这个来判断结交的人的性格。"你真是个迷信的人。"我喃喃对她说到。她摸了摸手腕上的珠链说她相信这能带来正能量。她的办公室里也摆放了一个紫水晶洞，她说这是聚集能量招财的。每日她都会佩戴好自己随身的水晶，工作起来也是脚下生风，雷厉风行。我想这样也不错，每个人心中都有一朵玫瑰，而这小小的水晶恐怕就是娜娜心中开出的那朵最绚丽的玫瑰吧。

"事业，无非就是成功、不成功的区别罢了，收获一个永远给你正能量的爱人也许比这些更加值得"

　　接到一个电话，是 C 先生打来的。有大约一两年的时间没有见到他了，但并没有因此感到疏远，他是个特立独行却让人感到舒服的人。和他约在三环外的一家咖啡馆，这里没有太多人流车流，生意不算太好，却正好适合聊天，我们共同的感受是年纪越大越发不再喜欢热闹，不再喜欢在人潮涌动的中心区域活动。我到时，他早已找好了座位，手搭在沙发的一侧，拿着已经烧了一半的烟。烟气缭绕在小空间的角落里，我用手拨了拨烟雾，下意识地咳嗽了一声，他掐灭了香烟，拿起咖啡喝了一口。

　　"你这一两年去了哪里？都没有联系。"我问他。

　　"我认识了一个女孩子，她在南方的海边小城，我们算是网友吧，网络是可以给你一种现实生活中寻求不到的新鲜感的。那时候我们每天聊很长时间的天，我也常常飞到她的城市约会，一段时间以后她希望我见见她的父母，希望我们的关系也能得到祝福和肯定。但你知道的，我没有什么积蓄，虽然这几年有看似光鲜的工作，挣来的钱其实都消费了。她的父母当然不希望她离开他们。我们商量以后，我决定去她的城市。"他停顿半秒后继续说道，

"两个人在不同的城市就是会面临选择，特别是当你想成家的时候，这似乎会变成两个家庭的对抗。"

我说："现在你是惨败回来，还是带了喜讯回来？"

他笑了笑："都不算吧，挺好的。过去以后我开始创业，试图证明给她的家人我不仅有诚意，也有能力给她安稳的生活。我曾经在五百强企业工作，自认为我精通各种流程和渠道，还拥有一些以前在社交场上发展的朋友关系，我认为他们都能帮助我。当自己真正涉足市场，大家谈利益的时候，我才发现创业没有我想象的那样简单。每天都会在朋友圈里看到大家分享的各种'马云说的十句黄金法则''李嘉诚的成功法则'等等，似乎每个人都觉得看了就受益匪浅，就有触摸到成功的希望。

"经历了半年摸不着头脑的项目选择后，我开始做线上订餐服务，总的来说这个事情我还做的比较顺利。做了大约一年，我的确赚了些钱，那时候还认识了不少朋友，有了多行业的选择渠道。一时成功的自信让我很快盲目地做了其他投资，因为对行业知识的缺乏，我做的很艰难，吃了不少苦。我也在那时后悔这段感情，想想如果我没有离开原先五百强的工作，现在我可

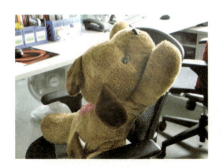

能跳槽去了别家公司，没有惊喜但也不折腾。我埋怨过她，可她依然会劝解我。有时候真的觉得自己太不懂事，遇到事情也不仔细分析。而她是个特别乐观的女孩子，一直在影响着我。有一种东西是有传染力的，比如能量，如果她也和我一样负面情绪爆棚怎么办，我想那可能我们就已经分手了。我学会了清楚一件事的原委后再做判断，学会了给自己做细致的计划，我也在她身上学会了不放弃，太多了。现在也许我还是没有赚太多钱，但真的收获很大。不想谈太多事业，无非就是成功、不成功的区别罢了，收获一个永远给你正能量的爱人也许比这些更加值得。"

他口气轻松淡然，然后从包里掏出一张红色的请柬递给我："下个月我结婚。"

"祝福你。"我收下请柬，看着现在的他，想想当初浮躁而不经事的他，为他欣喜。

路的走法，有千百种，但要记得，无论选择哪个方向，都要保持心中积极的能量，做更好的自己。

助运水晶

1、白水晶

吸收辐射，提升学习能力，增强记忆力。

2、黄水晶

提升财运，从事商业、保险、银行等金融行业的适合佩戴。

3、紫水晶

助结交好人缘，舒缓紧张情绪。

4、黑发晶

财富、权利的象征，去除身体浊气，发挥潜在力量，增加自信。

5、绿幽灵

招财石，增加勇气和自信，主正财，助事业蒸蒸日上。

6、海蓝宝

提升语言表达能力，增加自信。

7、黑曜石

排出身体的负面能量，助健康。

8、紫黄晶

增加好运，能转运，象征智慧与财富。

9、猫眼石

稳定情绪，有利于头脑的清醒。

10、玛瑙

保平安，消除不安的情绪，增强做事的决心和力量。

11、萤石

能量柔和稳定，能减轻精神的紧张、消除工作压力。

12、石榴石

增强工作的落实能力和执行力，加强生命力与活力，有美容养颜的功效。

张震岳《抱着你》

日子很长，愿你我生命里的每一个午后都有温暖的阳光

风一样的女子

Chapter

Four

我想做个风一样的女子，
自由自在地生活，行走。
在路上，我一直期待与美好的相遇。

还等什么，一起逃离雾霾天

"有些事情你现在不做，一辈子都不会做了"

旅行总是让人兴奋的，旅行究竟为什么有这样大的魔力？所有的烦恼似乎都可以在旅行中烟消云散，所有的踌躇似乎都可以在旅行中找到安放。

我看过的第一本旅行书，叫《迟到的间隔年》。那时候我二十岁，那本书有蓝色的封面，上面画着一个健康的充满青春气息的背影，很潇洒的样子，背景是大山、蓝天和荒漠，辽阔而平静。书里到底说了什么我早已记不得了，唯一记得的是，看过以后身体中涌动着一种无名的兴奋感，并且持续在脑子里发酵。很长一段时间，我的 QQ 签名是"间隔年"或者英文"gap year"。

我的一个中学同学读的是一所香港的大学，我第一次正经地从别人口中听到 gap year 这个词，大概就是从他那儿。我大二那年，他说他们是不上课的，可以自己出去实习一年或者旅行一年，他们很多同学已经到世界各地行走，他告诉我这就是间隔年。后来，我还在网上看到说西方青年人成年以后都必须拥有一个间隔年。直到现在，我看的旅行书都很少，几年数下来最多不过四五本，但《国家地理》《孤独星球》都是爱买的读物，可能我更喜欢跟着摄影师和探险家看世界吧。旅行书蛊惑你的或许是一种梦寐的生活状态，无忧无虑，勇往直前。

看的第一部关于关于青春旅行的电影是《练习曲》，其实这部电影不太像一部电影，更像一个人的独白。每一个遇见又道别的人都是生命中的唯一，人生寂寥。正如影片所说："我们每个人来到这个世界上，都是一场独自旅行，即使有人相伴，终究会各分东西。"你流泪是因为你看到未知的那个自己，只是主人公代你去游走了一遍。

感谢生命中每一个遇见，感谢生命中每一个祸福旦夕，从此开始明白"有些事情你现在不做，一辈子都不会做了"。

最早的一个故乡
最早的一件往事
是太平洋的风
徐徐吹来
吹过所有的全部
吹过了多少人的脸颊
才吹上了我的
太平洋的风一直在吹
最早世界的感觉
最早感觉的世界
……
——《太平洋的风》

"我希望能和你一起去一个陌生的地方，或者一个我们已经去了千百遍的地方。想走就走，想停就停"

第一部深深打动我的电影是《荒野生存》，看得我直哭，想起就会泪流满面，至今不知道缘故。他越过的每一片森林，趟过的每一条河流，甚至最后的死亡，我都仿佛感同身受。他是个天才也是个异类，但他不孤独，他热情并深爱着这个世界。最后他写下："分享幸福才会得到真正的快乐。"

> 徘徊着的
> 在路上的
> 你要走吗
> 易碎的
> 骄傲着
> 那也曾是我的模样
> ……
> ——《平凡之路》

旅行的目的地并不重要，有时候甚至沿途的风景也不重要，陪伴你行走的是爱人还是朋友也没那么重要，那什么才重要啊？你散发出来的状态是最重要的。你发现了吗，旅行中最好的状态就是不急不慢，你走过的地方的人们也是不急不慢的，特别是生活在小城中的人。他们脸上总带着天然的笑容，你跟他们聊天，也许他们会说吃过的苦，叹没你们幸福，但转眼你又看着他骑着小摩托或者背着双手慢吞吞地走路，还不停地和路过的人打招呼，好像谁都认识。走得很慢，不用赶时间，再急的事也要中午做个饭再说，或者随处就被相识的人拉到家里吃饭，守着一个火盆就能聊上半天。他们从来没有必须早上八点挤地铁，十点有个汇报，下午三点开例会这些塞满了我们工作行程的概念。旅行可以让你变得温柔，你会发现一切与人的距离都是自己内心潜在的拒绝。其实人和人的交往本来是件很简单的事。打个招呼，轻声问句你从哪里来，然后就能拿起酒杯天南海北了。挺神奇的，原来每个人都是这么有趣，这么可爱，你再次充满喜悦地看待世界。

人生本就是一场说走就走的旅行，从来由不得你准备好了再起航。

我希望能和你一起去一个陌生的地方，或者一个我们已经去了千百遍的地方。想走就走，想停就停，没有规定的时间，没有详细的计划，只有随心而行。我想和你坐在山顶上看漫天星星，仿佛伸手可以抓到的那种，然后在日出东方时，依偎在一起。

愿能平凡地度过每一天，愿没有雾霾天，能在疲惫的时候出去走走。

逃跑计划《夜空中最亮的星》

在旅行中记录下青春飞扬

"Gap year"

2011 年的一整年我都过得很低落，生活如同成都没有阳光又充满雾霾的天气一样，工作没有起色也不太顺利，情感一团糟，失恋以及各种挫败充斥着我的每一天。直到有一天，我突然想起曾经看得我心潮澎湃的一本书，叫《迟到的间隔年》，那是我第一次认识 gap year 这个单词。看完书后，我突然间有一种说走就走，去浪迹一年的冲动，但又和大多数有这种冲动却又未付诸行动的人一样，还没下决定就有太多的忧虑和担心，还喜欢用世俗的标准捆绑自己，比如担心浪迹回来后的工作，担心出发没有钱，其实本来也没有存款，还担心父母的反对，担心英文不好走不远……

我依稀记得那时内心中强烈的对于出行的渴望，总之，经过一番挣扎，我终于在工作几年后第一次请

了年假，也是仅有的 5 天年假。我心中设想了很多想要去的地方，可是要么受困于时间，要么受困于金钱。一次偶然，我在天涯上看到了一篇关于双廊的帖子，那时候双廊还没有火起来，还不是一个每个人都知道的地方，甚至连很多地方的旅行社都还不知道这个美丽的地方的存在。我被那篇帖子中湛蓝的天空、和煦的阳光、广阔的洱海、充满民族特色的建筑、宁静的生活吸引住了，快速地查了机票，当年正好开通了成都到大理的直航航班，而且由于是淡季，价格十分实惠。当然我并不是一拍脑门就去了，我的几个同事之前已经去过，我也咨询了一下他们的意见，都十分推荐那个地方，所以我毫不犹豫地定好了往返的机票，也没有做太多规划，觉得一切都能去了再说。早上 7 点 40 的飞机，头一天晚上只有兴奋和期待，走的时候却突然哭了出来。那是当年 12 月的最后几天，很快就要和这一年告别了，好像心里所有的不如意瞬间倾泻而出，就要迎来新生一样。

"天很蓝，我深深地呼了口气。我要在这里告别这糟糕，的一年"

　　早上9点半，在大理机场的上空，广袤的大山清晰可见，高原的气流有些强烈，机身晃荡的厉害，有一种降临在山坳里的无人区的感觉。一下飞机，凉凉的风呼啸着吹过我的脸庞，很清新，不似成都的风那般寒冷潮湿，天很蓝，我深深地呼了口气。我要在这里告别这糟糕的一年。

　　搭了车，从机场到环海西路之前都很平常，司机师傅很健谈，胖胖的，皮肤黝黑，操着我不太听得懂的白族普通话，热情地和我讲解这里的一切，询问我从哪里来。他一路盛赞着他的家乡，从他的言语里，我能感受到他对这片土地深深的热爱。

　　车行驶至环海西路时，视野一下子开阔起来，美景冲击着我的眼睛，湿地、水中的铁皮船、枯树、开阔的湖面、背着大背篓走在公路边的白族阿婆、

房子上盛开的炮仗花，我的相机停不下来了，好似进入了一个宁静的桃花源。一路开了大约 40 分钟，司机师傅指着远处岛屿上的一座白色房子说，你要到的就是那里。又路过几片青翠的稻田和几个小村庄，终于到了双廊镇。

我没有太多行李，只有一个大背包，很方便。我背着背包和司机师傅微笑告别，一路打听着，终于找到我在网上预订好的客栈"云七毗舍"，因为开业不到半年，还在试营业期间，价格很是实惠。远远的，就能看到白族传统门头，很气派又有历史感的样子，门口有很大一丛三角梅，紫红的花艳丽无比。这家客栈设计得也精巧，门口两片错落的白色矮墙形成入口的归属感。通过汀步走进门头来到内院，老板一口北方口音，我顺利地确定好房间，正好遇见一对夫妇也进入客栈询问有无房间，老板客气地说房间已经预订满了，他们问我是否也是来打听有无房间的，一听他们说话就知道都是四川人，于是简单攀谈了两句，然后他们带着对这客栈的满意和不舍离开了。云七是我在双廊玩时最喜欢的客栈，干净舒服，细节中有设计感，老板夫妇是北京人，而且都是建筑设计师，所以品味不低。

"旅行的意义也许就是放下原来的自我，找到一个崭新的自我"

放好行李，美美地睡了个午觉，然后无所事事地出门晃悠。在双廊就是这样，睡觉、看海、发呆、闲逛，也不需要计划，地方很小，也没有什么具体要去的所谓景点。下午一个人去了玉几岛，那时候，青庐外面临海的区域还没有什么拍艺术照的，也没有人潮涌动，就是很干净的一片岩石地，海边原生的仙人掌特别茂盛，有点像杂志上看到的国外的海岸风光，我就这样独自沉醉在这美丽的风景中。忽然有人和我打招呼，是上午在客栈遇见的那对夫妇，然后我们一起同行，一起吃了晚餐又去了"粉四"喝咖啡，聊了很多，还互相关注了微博。后来的几天我每天都在不断认识新朋友，与艳遇无关，都是真诚的相遇。成都的遥遥兄弟、成都的晶晶和杭州的晶晶、成都的晶晶老公、深圳的兔儿姐、青岛的箱子姐……最后在双廊的那个晚上开心到想要将时间定格，在半岛63，大家玩儿游戏、疯狂自拍、讲笑话、喝酒，好嗨的样子。旅行的意义也许就是放下原来的自我，找到一个崭新的自我。

这个旅行只是开始，它仿佛神奇地开启了我和双廊的不解之缘。

我和飞飞的结缘应该也是由双廊而起，这里是飞飞的家乡，他的家是一个典型的淳朴的白族家庭，父母很善良，甚至还不太会说普通话，有哥哥和妹妹。洱海和苍山养育了飞飞，他的性格如同这个美丽的地方，开朗、真诚、质朴。我从未想过我会嫁给一个这里的白族小伙子，那似乎是天方夜谭，可这就是缘分吧。

"我们为了将来的生活，画了些草图，也建了简单的模型，一步步不着急地计划和祈望着未来的生活"

我喜欢听飞飞讲他的小时候，这是城市里的孩子永远无法体验的美好童年，庆山的书里曾有这么一段——"在任何一个地方，加拿大、美国，或者

其他国家，不管那里多好也都不属于你，只有童年的东西才属于你，因为有过足够的交流。童年的记忆太重要了，它可以改变一个人的一生。黄永玉描写的一个画面让我印象深刻。他小时候坐在腰盆里，在荷塘里穿梭，透过阳光照射的荷叶看天空。多美好。"

洱海之于大理是母亲，苍山就是父亲了。夏天，洱海变成了欢乐的海洋，是孩子们的天堂。一放学，来不及回家，飞飞就和同学飞奔到那里，占据最开阔的位置，把书包、鞋子、衣服放在岸边的石头上，然后争先恐后地跑到最高处的石头上，再跳入海里，孩子们的欢声笑语、嬉戏打闹装满了整个空气。飞飞说那时候南邵岛有一个果园，种了不少石榴和李子，小孩儿们总会结伴游泳过去偷果子吃。他们会将衣服和鞋子用一只手顶在头上，另一只手和脚划水，游到岛上，再穿上衣服、鞋，偷偷打探，趁无人看守的时候摘掉几个果子，有时会就地吃掉一些，有时会拿衣服将果子包裹好，游回岸边后开心地分享。有时候大家还会将果子丢进海里，小孩儿们比赛潜水抢果子，抢到的会很骄傲，放佛抢到了一个莫大的战利品。累了就躺在被太阳晒得温暖的大石头上，一会儿就睡着了。

　　我们常常会计划着未来，偶尔有不切实际的小幻想，更多是实实在在的付出。在这里，记不住日子，常常忘记日期或星期几，似乎也不必记忆。朋友们常常打听大理有什么好玩，哪些地方可以去玩，我总告诉他们大理没有什么具体的地方要去，却可以每天的日子都翻着花样，哪怕逛个菜市场都有欢喜处，每个人心中都有憧憬理想生活的模样，好生活并不难，我们都不断摸索着行走，却在路途中成长，一路伴着光芒。

郝云《去大理》

一起来运动吧

　　和婉容姐的相识没有什么特别,她是飞飞的同事。最初她给我的印象只是个干练、清爽又不失亲切的大姐姐。她其实还是个热爱生活也热爱运动的妈妈,有个儿子。她常常会带着孩子骑行锻炼,还带动起一些同样积极的妈妈们。

　　2013 年,婉容姐的儿子十岁,她决定在孩子第一个 10 字头的年龄送给他一份礼物,这份礼物更像是一个仪式,就是带着孩子用三天半的时间完成环青海湖的骑行。其他两位母亲得知后也积极报名,于是,三位母亲,三个十岁的孩子,在七月和煦的阳光中向美丽的青海湖启程了。

婉容姐的骑行日记

第一天

"哇，没想到沙漠这么冷"

六点半，准时叫醒孩子们穿戴整齐后，准备去骑兵营集合出发。七点半，跟着骑兵营的其他骑友们浩浩荡荡地出发了。6月底的西海镇早晚气温很低，即使穿上了厚厚的抓绒外套，也还是冷。寒风刺骨，恨不得披上件羽绒服。骑行路线的沿途风光很美，沙漠、草地、湖水尽收眼底，远远地就看见了沙漠，屹成说："哇，没想到沙漠这么冷！"

我们心情极好，一路高歌，即便不时有上坡也能应付。第一天，孩子们的精力是十分旺盛的，连续几个上坡后，遇到特别陡的坡，屹成就下来推车了，他已经很尽力了，以前只在小区里疯骑的小子，这上公路还是头一次，一上路就挑战一天100公里，太有难度了。郑雨的体力好得惊人，上坡对他来说就是小菜一碟吧，毕竟他是全校年级跳绳跑步的第一名，那可不是吹

的。我一直不担心他，休息完他最后出发也总是能赶上。12 点过了，还没赶到计划吃午饭的湖东种羊场，孩子们不停地问还有多远，我只能靠时间来推算："不远了，只有几公里了。"其实自己心里也没谱。大约 1 点多就到了，后勤车早就点好了可口的饭菜，我们狼吞虎咽后不敢多停留，继续赶路。小董进入青海后一直有轻微头疼，董妈怕病情加重就决定返回西宁观察。晚上，屹成经过这一天的折磨，想要放弃了，但是江西沟没有驿站可以退自行车，其他解决办法也都不太可行，只能劝说他继续坚持，小男子汉决定明天原地满血复活，继续跟着队伍骑！

第二天

"从北京开始，直抵拉萨，这是一条进藏的路"

今天计划做了调整，本打算骑到鸟岛的计划取消，只骑到黑马河，下午去盐湖，孩子们对这个决定欢呼雀跃。今天的骑行更加科学了，因为 109 国道上每一公里都有路碑，我们每骑行 5 公里休息一次。经过昨天的洗礼，今天真是要多轻松就有多轻松，5 个小时后就到了目的地，大快朵颐后就开车去茶卡盐湖了。黑马河往西 80 公里就是茶卡盐湖，要翻过海拔只有 3800 米的橡皮山。四川的孩子海拔高的山见得多，稻城路上，有 10 多个海拔 4000 米多的垭口，让人感觉仿佛一直是在高山间穿行，所以到了橡皮山垭口也没想下来，只想赶到盐湖看看。

G109 全长 3000 多公里，从北京开始，直抵拉萨，这是一条进藏的路，会经过那曲、格尔木，看到这些路牌，我心里总是有莫名的激动。

第三天

"远方的地平线上，太阳正缓缓地升起，柔和的光芒笼罩着静静的小镇，满目都是温暖"

今天最辛苦，不论是从公里数还是从海拔拉升幅度来说，都是最难的。清晨 5 点刚过，董妈轻轻地敲门叫大家起来看日出，我开门一看，远方的地

平线上，太阳正缓缓地升起，柔和的光芒笼罩着静静的小镇，满目都是温暖。黑马河的日出果然壮丽，可是，床一直拉着我，再睡会儿吧，日出每天都有的，于是我又缩回了床上，更没忍心叫醒孩子们。8点半准时出发，今天的状态都很不错，周屹成出门就说手腕不疼了，腿内侧也不肿了，昨天的调整看来很有效。我们仍然是10公里休息一次，一路上，他们聊班级的趣事，聊游戏，我也觉得很轻松，就找了个话题，问大家："你们说，我们为什么来青海湖呀？"孩子们都脱口而出："好玩！风景好！锻炼身体！"我想等骑行完成后他们一定有不同的看法。

第四天

"有汽车里伸出的大拇指，一直那样给你比着，直到从你的视线里消失，也有反方向骑行的朋友会和你挥挥手，不需要语言"

说好了今天可以睡懒觉，可以晚走，因为只剩最后一天了。为了节省时

间，加上路过的小镇和吃午饭的时间不合适，我们在草地上路餐了一顿，大西瓜吃了个够。几公里的长下坡还是很爽的，仿佛乘风破浪般征服了整个世界，所有的生灵，花儿草儿鸟儿都向你俯首称臣，而你就是能带着他们走向光明彼岸的英雄。臆想了一会儿又被拉回现实，一辆汽车停在我们前面，从车上走下来几位僧人，把孩子们采访了一通后坚持和我们合影，就差掏出小本子让孩子们签名了。

　　环湖路上，很多手势都是无声的鼓励。上坡时，有汽车里伸出的大拇指，一直那样给你比着，直到从你的视线里消失，也有反方向骑行的朋友会和你挥挥手，不需要语言。这样的点点滴滴的温暖都化成了动力。

环湖路线及用时

环湖第 1 天，西海镇—湖东种羊场—151 基地—江西沟（约 100km）

am7:30—pm8:30，用时 13 个小时，7.7km/ 小时

环湖第 2 天，江西沟—黑马河（约 50km）

am8:30—pm1:30，用时 5 个小时，10km/ 小时

环湖第 3 天，黑马河—布哈河（鸟岛）—泉吉乡—刚察县（约 120km）

am8:30—pm8:30，用时 12 个小时，10km/ 小时

环湖第 4 天，刚察县—哈尔盖—西海镇（约 90km）

am10:30—pm5:30，用时 7 个小时，12.9km/ 小时

这是婉容姐带着孩子们四天骑行青海湖时写下的日记，后来一位母亲看了她的日记说真的很遗憾没有像她一样带着孩子骑行完全程。要运动，其中也没有什么大道理，孩子们往往看得清，好玩儿、看风景、锻炼身体，就是这么简单。

Olivia《边走边看边想》

我的农夫梦

我有个农夫梦，吃自己种的菜，食品是安全的，水是干净的，土壤是未受污染的。

"梦想本来就不是说给别人听的，只要自己想清楚了就好了"

我是个理想主义者。这种理想主义不是指要活在韩剧一般的生活里，而是指有梦想。梦想这个词，很奇怪，从电视里播出来、文章里写出来时你觉得很正常，你自己写下这两个字的时候也一副正义凛然的模样，但是当你跟别人聊天，通过嘴巴说出来"梦想"的时候，好像自己会有些不好意思，怕别人会觉得你不切实际。常常是这样，在心里想的时候觉得"梦想"是一个特别坚定的词，可是跟人讲出来的时候却少了份坚定，

其实对象的反映是无视还是嘲笑，都没有关系，梦想本来就不是说给别人听的，只要自己想清楚了就好了。

微信上朋友圈儿里转的挺多的一篇文章叫《两位设计师的退休生活，一定让你超羡慕》，讲的是景观设计师 Gwen 和建筑设计师 Gawie Fagan 是一对八十多岁的老夫妻，他们的家在太平洋西岸，房子和家具都是由他们自己和儿子女儿一起手工制作的，面朝大海，花草相邻，书香满屋。家大抵就是你自由散漫的在房子里无所事事也有人陪伴，没有想做的事情也觉得心安的地方。好多朋友艾特我，因为我是景观设计师，飞飞是建筑设计师，这也许是大家给我们的美好祝愿吧，看到文中的老夫妻，我又一次畅想起自己未来如他们一般的美好生活，只是我不想等到八十岁。虽然不知道梦想成真的时刻会在何时来临，但在我心里，这梦想一直令我感到分外安宁和踏实。

"如今很多手艺已不复存在，也没有传承者，那些带着双手温度和情感的物品成为这个时代的奢侈品"

这个社会中还存在的手工艺人，都是不折不扣的理想主义者。李宗盛主

演的《匠心》着实火了一把，虽然只是一则广告，但不得不说真的是诚意十足并且很有哲理的广告，我一口气连续看了三遍。年逾六旬的老李可以坚定却又散漫地唱着"向情爱的挑逗，命运的左右，不自量力的还手，直至死方休。"还可以不急不躁不世俗的在木工房里做琴，老李是活得真通透，把功名都收了干净，把心性全化成理想，把情怀都写在歌里。

　　最近非常喜欢的两本书是《留住手艺》和《手作的温暖》，讲的是过去匠人的手艺是因地域、风土、生活环境、日常需求而形成的，人们从手艺人的双手中感受到季节的变化、生活的积淀、人情的温暖。记得我小时候，每次听见"磨剪刀、磨菜刀"的吆喝声，就会把家里的菜刀拿到院子交给磨刀的匠人，然后站在他身边静静看着刀在磨刀石上来回地舞动。伴着吱吱的声音，刀片也逐渐变得锃亮，很有意思。如今儿时记忆里街头巷尾各种手艺工具发出的叮叮当当、咯咯吱吱的有趣声音已经消失了，很多的作坊也没了，连过去学校门口最寻常不过的糖画摊也只会在锦里、宽窄这样的地方，作为向游客展示传统文化的表演内容而出现了。那时候一两毛就能转一把糖画，孩子们最想转到的一般是"龙"，会感觉特别的威武，还可以像小伙伴儿们炫耀。如今很多手艺已不复存在，也没有传承者，那些带着双手温度和情感的物品成为这个时代的奢侈品。时光依旧，岁月未满，守艺不易，理想主义者依然在坚守。

"关于情怀，有些人会将其藏在心底一辈子，有些人则渴望将其痛快地玩味一把"

前些天去了一个朋友的茶室，小情小调十足，不做别的，只做与茶有最直接关联的。摆设很精巧，看得出花了不少心思，他说他喜欢茶，喜欢安静地喝茶，喜欢没事儿时画点小画。他在北京待了十几年，曾在知名的建筑设计公司工作，三十几岁就是中层。

我问他为什么要回成都，在这里他几乎要从零开始，原先花费十几年建立的人脉以及各种资源在这里可不一定派得上用场，又是做一个完全陌生的行业，似乎有些冒险。水壶咕咕作响，热气蒸腾起来，他不紧不慢地泡茶、斟茶，茶汤清澈，晃动中泛起一点点涟漪。

成功是什么？成功可能是这世界上最操蛋的词之一"

　　他说其实现在做这个茶室半年多了，真的不赚钱，还一直在赔钱，以前没做过生意，也没想把这茶室当个赚钱的生意做。很多事情比自己预想的要困难，也不能确定什么时候开始不赔钱，如果算一笔经济账，这一年是完全的亏本，如果还在以前的行业里，也许这一两年又升职了，即便不升职，也会有不错的收入，可能又换了个车，但也可能还是每天都焦头烂额，每天在开会加班中。他说这个时代发展太快，大家走得太快，车速太快，一切都追求快。十几年前研究生毕业时以为自己能实现设计梦想，以为自己有机会成为很牛的设计师，工作五六年后发现要混成个很牛又有理想的设计师真的好像不太可能了。虽然大家都在谈创意，但其实又不留太多时间给你创意，比如两周就要出概念，也许你还没想清楚就已经没有时间，必须交成果了。工作十几年后身边的朋友都混得越来越好，结婚生子，上有老下有小，有房有车有贷款，更不敢有什么变动，那自己是不是也要这样坚持一辈子呀？"这一年虽然不赚钱，但不焦虑，给自己理了理思路，想了想活法。成功是什么？成功可能是这世界上最操蛋的词之一。"他继续给我斟茶。午后，他在露台上放了把摇椅，摇着摇着，也将我的思绪摇回到往昔。

"我有个农夫梦，吃自己种的菜，食品是安全的，水是干净的，土壤是未受污染的"

我填大学志愿的时候，从来没有咨询过任何一位长者，也没有想过什么志愿是通往未来的路，决定了什么前途，只想着自己喜欢什么就选什么。从小我喜欢自然，对一切关于自然的书都爱不释手。十岁时做的蝗虫标本依然整整齐齐地放在黑色边框的标本盒里，家门口的老桂花树上似乎还回荡着孩子们的欢笑。于是从一本到三本的志愿我都填的是农业院校，我的一个同学跟我说最好填个外语专业，她跟我讲了这个专业如何的有前途，她的某位亲戚又有如何的关系，我听了也觉得还不错，于是在专科志愿中勉强填了一门外语专业。不过说真的，我着实不喜欢外语，自己也没有什么语言天赋，后来真是庆幸没有读自己完全不明白也不喜欢的专业。

　　也可能是机缘，后来我接触到很多坚持有机农业的农人，觉得他们都是真正的理想主义者，比如我认识的一位高姐，没什么大学问，是地地道道的农民，绝不是什么海归、硕士、博士之类，常年劳作令她的皮肤黝黑，脸上还有一些深深浅浅的雀斑。她身体壮实，初识会让人觉得是个不好打交道的人，可以扛着锄头说要去开家长会就把你晾一边走人，认真接触下来，这人谈吐却很不一般，因为信佛，她的香草园采用的是朴门永续设计，给植物听佛教音乐，她说万物皆有佛性。她如果发现你是个真诚的朋友，就会在园子里现摘一些香草泡一壶香草茶和你聊上半天。她去过很多地方，去学习，北京、台湾、马来西亚等。她对我说，土地、空气已经经不起我们的折腾了，如果我们还用农药和化肥，这些化学物质会侵蚀和破坏我们赖以生存的环境，这是在造孽。

　　我有个农夫梦，吃自己种的菜，食品是安全的，水是干净的，土壤是未受污染的。我在近郊的有机农场租了一块 20 平米的小地，花钱不多，少买一件衣服就可以实现，我想从劳动中理解农人的辛苦，知悉且爱惜食物的不易。

小皮《睡吧》

生活不停，梦想不散

"做你自己，过你的生活，拥有你的梦想，这一切都是独一无二的事情"

关于生活，我们有太多话要说，每每到嘴边，却又几近词穷。

生活本没有太多的大起大落、悲欢离合、肝肠寸断，生活也没有那么多的奋不顾身、说走就走、浪迹天涯。"生活"，字典给出的解释是人类生存过程中各项活动的总和，这是一个理性到可以让所有波澜情绪收起的注解。生活啊，是什么，或许没有人说得清，不如让关于它的烦恼随风飘散。

整理书籍的照片，翻开许久没有开启过的电脑文件夹，一张奶奶闭目仰天的侧脸落入我的眼中。无言，只觉眼眶有些湿润。我和奶奶的感情很深，奶奶是个好人，心中却着实为她遗憾，觉得她一生过得很苦，我永远不希望像她那辈人一样过完这一生。我们这代人，不论父辈们留下什么，富甲一方也罢，贫穷潦倒也罢，我们都不想和他们过相似的人生，我们期望有不同。

电脑桌面换成了碧蓝色的大海和银白色的沙滩，海天相接，一眼望不到边。

世界上最奢侈的事情之一是"做自己"，但这一定也是世界上最珍贵的事情之一。这个时代塞给我们太多多余的牵挂，而与灵魂独处的时候，我们将倍感安宁。

做你自己，过你的生活，拥有你的梦想，这一切都是独一无二的事情。

"生活的梦想永不散场，感谢你们，感恩生活"

该说再见了。

写这本书的时候，内心是忐忑的，因为没有做过关于文字的工作，更没有过完成这么多文字的经验，这是一个完全新鲜的体验，更像一个对自己的挑战，谢谢此时翻开本书的你，想小心翼翼地跟你说一声"多多包涵"。

书里的照片有的是我走走停停中拍的，其中很大一部分是我在家里拍的，拍的是我自己的生活。这台尼康 D90 的相机不知不觉间已经用了快 6 年了，这些记录常常让自己在回首间觉得踏实又实在。

谢谢帮我拍了个人照的刘仔和踪影。

谢谢这本书的策划和编辑。

谢谢身边的亲人和朋友，还来不及说一声"感谢"却已见你们默默做了那么多。

电影终将散场，故事终将完结，生活的梦想永不散场，感谢你们，感恩生活。

李宗盛《山丘》